KB236387
KB236387

Letters to a Young
Mathematician

Letters to a Young Mathematician

Art of Mentoring

SERIES
04

Letters to a Young Mathematician

미래의 수학자에게

이언 스튜어트 지음 · 박영훈(홍익대 수학교육과 겸임교수) 옮김

미래인

미래의 수학자에게

1판 1쇄 발행 2008년 4월 5일
1판 6쇄 발행 2021년 3월 10일

지은이 이언 스튜어트 | 옮긴이 박영훈 | 펴낸이 김민지 | 펴낸곳 미래M&B
책임편집 황인석 | 디자인 서정민 | 영업관리 장동환, 김하연
등록 1993년 1월 8일(제10-772호) | 주소 서울시 마포구 동교로 134(서교동 464-41) 미진빌딩 2층
전화 (02) 562-1800(대표) | 팩스 (02) 562-1885(대표)
전자우편 mirae@miraemnb.com | 홈페이지 www.miraeinbooks.com

ISBN 978-89-8394-411-5 04800
ISBN 978-89-8394-407-8 (세트)

* 잘못 만들어진 책은 구입처에서 바꾸어 드립니다.
* 미래인은 미래M&B가 만든 단행본 브랜드입니다.

신은 만물을 수로써 만들었다.

— 아이작 뉴턴

차례

"**수**학자가 수학에 관한 책을 쓰려고 하니 참 묘한 기분이 든다." 이건 영국의 위대한 수학자 고드프리 해럴드 하디*가 1940년 『어느 수학자의 변명^{A mathematician's Apology}』이라는 책의 서문에서 한 말이다.

시대가 바뀌었다. 더 이상 수학자들은 수학에 관해 이야기하는 것에 대해 변명을 할 필요가 없다고 생각한다. 많은 수학자들이 수학을 연구하는 것만큼이나 수학에 관해 이야기하는 것이 가치 있는 일이라고 생각한다.

『어느 수학자의 변명』에서 하디는 새로운 수학, 새로운 연구, 새로운 정리를 이야기했다. 사실, 우리 중 많은 사람은 대중이 듣지도 않는데 수학자가 새로운 정리를 만들어내는 것은 의미 없다고 생각한다. 그러나 자세한 것은 아니더라도 일반적인 성질이 무엇인지를 대중이 이해하도록 해야 한다. 특히 새로운 수학은 끊임없이 만들어지고, 계속 사용된다는 사실을 알려줄 필요가 있다.

하디가 살았던 시대와 비교할 때 세상은 많이 변했다. 하디가 살던 시대에는 연구 과제에 대해 하루에 보통 네 시간 정도 골똘히 생각하면 되었다. 그리고 나머지 시간은 크리켓 경기를 보았다. 하디는 수학 말고 크리켓에 상당한 열정을 보였으며 신문 읽는 것도 좋아했다. 현대 학계에 종사하는 사람들은 가르치는 일을 포함해서 연구를 하고, 연구 허락을 받고, 창의적인 것을 만들어내기 위한 행정적인 일을 처리하는 데 매일 10~12시간 정도 할애해야 한다.

하디는 전형적인 영국 학자의 면모를 가지고 있었다. 그는 높지만 편협한 기준을 가지고 있었다. 자기가 스스로 선택한 영역에 대해서는 높이 평가했지만, 어떻게 사용될 것인지에 대해서는 별로 생각하지 않았다. 그는 자기가 만들어낸 이론 중에서 전쟁에 이용된 것이 단 하나도 없다는 사실에 자랑스러워했다.

그러나 하디는 자신이 애용한 정수론이 암호 이론에서 사용된다는 사실을 알면 극도로 실망할 것 같다. 왜냐하면 암호 이론은 군사 용도로 쓰이기 때문이다. 〈이니그마^{Enigma}〉라는 영화는 암호 이론이 전쟁과 결합하기 시작한 제2차 세계대전 당시, 영국 블레츨리 파크 소속 암호 해독가들의 활약상을 낭만적으로 그리고 있다. 그 암호 해독자들 중에서 가장 탁월한 실력을 발휘했던 사람이 바로 순수수학자이자 응용수학자, 또한 선구적인 컴퓨터과학자인 앨런 튜링이다. 그는 그 당시 불법이자 수치스럽게 여겨졌던 동성애자였기 때문에 이에 시달리다가 결국 자살했다.

『어느 수학자의 변명』에서 하디는 수학자들이 자신과 자신의 연구 과제에 대해 어떻게 생각하는지를 조명했다. 그 책에는 수학자가 되고자 하는 젊은이들을 위한 중요한 교훈들이 포함되어 있지만, 너무 구시대적인 내용이기 때문에 적용할 수 없는 것도 있다. 예를 들면, 수학은 남성의 전유물이라는 내용이 들어 있다. 하디의 책은 읽을 만한 가치가 있지만, 그의 의견은 시대적인 상황에 맞추어 해석해야 한다. 그의 말이 오늘날에도 모두 적용될 것이라 생각하는 것은 무리다.

『미래의 수학자에게』에서 나는 『어느 수학자의 변명』의 일부를 오늘날의 시대정신에 맞추어 소개하려고 노력했다. 수학자의 길을 가고자 하는 젊은이들이 진로를 결정하는 데 영향을 줄 만한 것들이기 때문이다. 나는 멕이라는 여학생에게 쓴 편지 형식을 통해 고등학생에서 대학교 교수가 되기까지의 과정을 다루었다. 수학을 공부하고자 하는 결정에서, 전문 수학자들의 직업철학과 연구 주제의 특징에 이르기까지 다양한 화제를 담았다.

나의 의도는 단지 실질적인 조언만을 주는 것이 아니라, 수학 세계의 내부를 보여주고, 수학자가 되는 것이 어떤 것인지를 설명하는 것이다. 그렇기 때문에 여기서 논의되는 문제는 일반인들에게도 호소력이 있을 것이다. 수학, 그리고 인간 사회와 수학의 관계에 관심을 갖는 일반인들 말이다. 수학이란 무엇인가? 수학은 어디에 쓰이는 것인가? 어떻게 배울 수 있을까? 어떻게 가르칠 수 있을까? 수학 연구란 혼자 하는 외로운 활동인가? 협동 작업을 통해서도 수학을 할 수 있는가? 수학적인 사고란 어떻게 작용하는 것일까? 수학은 어디를 향해 가고 있는가?

나는 수학자가 되고자 하는 젊은이들을 위해 이 책을 썼다. 하지만 수학자가 되고자 하는 열정이 없더라도 수학자가 무엇이고 어떤 역할을 하는지 궁금해하는 사람이라면 누구라도 흥미를 가지고 읽을 수 있을 것이다.

왜 수학을 하는가?

나에게 수학은 이런 것이네.
수학은 내가 살고 있는 세상을 완전히 다른 시각으로 보게 해주었다네.
수학은 나를 자연의 법칙과 패턴에 눈뜨게 해주었어.
그리고 새로운 아름다움을 경험하게 해주었지.

사랑하는 맥에게.

자네도 짐작했겠지만, 자네가 수학을 공부하기로 했다는 소식을 듣고 기뻤다네. 몇 해 전 여름, 『시간의 주름 *A Wrinkle in Time*』을 읽고 또 읽었던 몇 주 동안의 시간과 또 자네에게 4차원 정육면체와 그 이상의 고차원적 세계를 설명했던 시간이 헛되지 않았기 때문이지. 자네가 질문을 하기 전에 가장 현실적인 문제에 대해 먼저 다루어보도록 하세.

나 말고 실제로 수학으로 먹고사는 사람이 있는가?

이 질문에 대한 대답은 보통 사람들이 생각하는 것과는 다르다네. 몇 년 전 내 모교에서는 졸업생들을 대상으로 설문 조사를 했지. 조사 결과에 따르면 여러 전공자들 중에서 평균 소득이 가장 높은 사람들이 바로 수학 학위를 받은 사람들이었다네. 의과대학을 새로 만들기 전에 이루어진 것이긴 하지만, 그 조사 결과는 수학 전공자가 돈을 많이 벌 수 없다는 통념을 깨뜨려버렸지.

사실 우리는 매일 어느 곳에서나 수학자들을 만나지만, 잘 모르고 지나가는 경우가 많다네. 내 제자들 중에는 양조장을 운영하는 사람도 있고, 전자 회사를 차리거나, 자동차를 설계하거나 컴퓨터 소프트웨어를 만드는 사람도 있지. 또 주식 시장에서 선물 거래를 하는 제자도 있다네. 일반적으로 사람들은 은행에서 일하는 사람이 수학 학위를 가지고 있다거나 DVD나 MP3 플레이어를 발명하거나 제조하는 업체에서 많은 수학자들을 고용한다거나, 아름다운 목성 사진을 전송하는 기술에 수학이 사용된다고는 생각하지 않는 것 같네. 의사가 되려면 의과대학 학위가 있어야 하고, 변호사가 되려면 법대를 나와야 한다는 것은 잘 알고 있지. 왜냐하면, 의학이나 법학은 그 정의가 명확하게 되어 있어서 거기에 맞는 특수 교육을 받아야 하기 때문이야. 하지만 사람들에게 수학 문제를 풀어주는 수학자 면허를 가지고 있는 수학자를 모집하는 광고판은 본 적이 없을 걸세.

수학은 대부분 보이지 않는 곳에서 쓰이는데, 그 이유는 간단하네. 수학이 어디서 쓰이는지 생각해보면 간단하지. 자네는 운전을 할 때, 자동차를 움직이는 복잡한 기계에 대해서는 별로 신경 쓰고 싶어 하지 않을 거야. 그저 자동차를 타고 운전만 하면 되니까. 물론, 차에 대한 기본적인 지식을 가지고 있으면 좋겠지만, 운전하는 데 별로 필요하지는 않거든. 수학도 마찬가지야. 그냥 아무 생각 하지 않고, 차의 네이비게이션이 길을 알려주었으면 좋겠고, 신호 처리나 에러 수정 코드와 같은 것을 모르더라도 전화만 걸면 모든 일이 해결되니까.

하지만 어떤 사람들은 수학에 대해서 알아야만 하네. 그렇지 않다면 우리가 이용하는 신기한 기계가 작동하지 못할 수도 있거든. 우리가 일상생활에서 수학에 얼마나 의존하고 있는지 많은 사람이 알게 된다면 상황은 더 좋아질 거라고 생각하네.

나는 종종 수학에 대한 사람들의 인식을 바꾸는 가장 좋은 방법은 수학이 쓰인 곳에 빨간 딱지를 붙이는 것이라고 생각하네. "수학이 이용된 것임"이라는 글자를 빨간색으로 써서 붙이는 거지. 물론 모든 컴퓨터에는 빨간 딱지가 붙여지겠지. 사실 수학이 쓰이는 곳에 모두 빨간 딱지를 붙인다면 수학 선생님에게도 그 딱지를 붙여야겠지. 또한 항공 티켓과 전화기, 자동차, 비행기, 신호등 그리고 채소에도 빨간 딱지를 붙여야 할 거야.

채소에도 수학이 쓰였냐고?

그렇지. 그저 조상들이 하던 그대로 농사짓는 시대는 끝났어. 사실 요즘 팔리는 농산물은 모두 복잡한 상업 재배 프로그램의 산물이라고 할 수 있어. 수학적 의미의 '실험 설계'는 1900년대 초반에 고안되었지. 이것은 유전자 변형은 물론이고 새로운 품종을 체계적으로 평가하기 위해서 만들어진 것이지.

잠깐, 유전자 변형이 생물학 아니냐고?

물론 생물학이긴 하지만 동시에 수학이기도 하지. 생물학 중에서도 유전학은 수학과 연관된 학문이라네. 인간 게놈 프로젝트는 뛰어난 생물학자들에 의해서 성공을 거둘 수 있었지만, 그 프로젝트는 경험적인 결과를 분석하고 단편적인 데이터로부터 정확한 유전자 배율을 재조합하는 등 강력한 수학적 방법으로 이루어진 것이니까.

자네, 영화를 자주 보러 가나? 특수 효과를 좋아하나? 〈스타워즈〉, 〈반지의 제왕〉 모두 수학을 사용한 것이라네. 세계 최초 100퍼센트 컴퓨터 애니메이션인 〈토이스토리〉 덕분에 수학에 관한 논문이 20편이나 발행되었다네. 컴퓨터 그래픽을 좀 더 생동감 있게 표현해주는 것이 바로 수학적인 방법이거든. 컴퓨터 그래픽을 하기 위해서는 3차원 기하학을 해야 하고, 빛과 관련된 수학에 대해서도 알아야 하고, 시작과 끝 사이에 자연스러운 이미지를 삽입해야 하는 보간법* 등 많은 것을 알아야 하지. 보간법은 수학에서 나온 것이라네. 컴퓨터는 엔지니어링은 잘할지 모르겠지만, 수학의 도움 없이는 아무것도 하지 못하지.

물론, 인터넷도 수학을 이용한 것이라네. 사람들이 주로 사용하는 검색 엔진인 구글은 사용자가 요구한 정보를 가장 많이 담고 있는 웹페이지를 찾기 위해 수학적 방법을 동원해서 만들어졌지. 그건 행렬대수, 확률 이론, 네트워크의 조합론을 기반으로 만들어진 것이야.

하지만 인터넷에서 사용되는 수학은 그것보다는 좀 더 근본적인 것이지. 전화 네트워크가 수학을 이용하거든. 교환원이 직접 손으로 전화선을 연결해주던 시대는 지났어. 오늘날 전화선은 한 번에 수백만 개의 메시지를 운반해야 하지. 우리가 친구와 전화 통화를 하거나 팩스를 보내거나, 인터넷에 접속하기를 원할 때 전화선, 해저 케이블, 위성 중계를 모두 공유해야 한다네. 그렇게 하지 않으면 네트워크는 부하를 견딜 수 없게 되거든. 그래서 대화는 아주 잘게 쪼개지고, 100개 중 1개만 실제로 전송되지. 다른 한쪽에 나머지 99개의 조각이, 되도록 매끄럽게 공백을 메우면서 저장되어 있지(음성 단위가 자주 반복되기 때문에 가능한 것이지). 그리고 전체 신호가 암호화되기 때문에 전송 중에 에러가 발생해도 신호를 받는 쪽에서 이를 감지하여 다시 올바른 신호로 바꾸어서 전달할 수가 있지.

수학을 사용하지 않고는 현대 통신 시스템이 제대로 작동할 수 없다네. 암호 이론, 푸리에 해석*, 신호 처리*…….

자네는 인터넷에 접속해서 비행기 표를 사고, 비행기를 예약한 다음 공항으로 가서 비행기를 타지? 비행기를 만든 엔지니어들이 유체흐름, 공기역학을 이용해서 비행기가 뜰 수 있도록 설계했기 때문에 비행기가 날 수 있는 거야.

비행기는 위성항법장치를 이용해서 비행을 하지. 위성항법장치는 위성 장치로, 위성에서 보내오는 신호를 수학적으로 분석할 수 있기 때문에, 어디로 가고 있는지 위치를 말해줄 수 있는 거야. 또 비행기는 다음 목적지에 정확하게 도착되도록 스케줄을 짜야 하는데, 여기에도 수학이 필요해.

자, 멕, 내가 앞에서 말한 것처럼 수학은 아주 많이 쓰인다네. 지난번에 수학자는 모두 대학에서 연구만 하는지, 아니면 실제 생활에 관련된 일을 하는지에 대해 물어본 적이 있지? 자네의 삶은 수학이라는 거대한 바다에 떠 있는 작은 보트와 같은 것이네. 하지만 어느 누구도 그 사실을 깨닫지 못하고 있어. 수학을 멀리 하면 편안함을 느낄 수 있겠지만, 그렇게 되면 수학이 소중하다는 생각을 할 수가 없지. 이건 정말 부끄러운 일이야. 수학을 멀리하게 되면 사람들은 수학이 유용하지 않고, 별로 상관없다고 생각하겠지. 자기와는 별 상관 없는 지능 게임으로만 수학을 생각하게 되는 거야. 그래서 나는 수학이 사용되는 곳에 빨간 딱지를 붙였으면 해. 사실, 빨간 딱지를 못 붙이는 이유는 만약 수학이 사용되는 곳에 딱지를 붙인다면 세상이 온통 빨간 딱지로 도배될 것이기 때문이지.

자네가 나한테 던진 세 번째 질문은 가장 중요한 것이지만 동시에 가장 슬픈 질문이기도 하네. 자네는 나한테 수학을 공부하려면 미적 감각을 포기해야 하는지, 수학이란 모두 숫자, 방정식, 법칙, 공식으로 되어 있는지 질문했지. 안심하게, 멕. 이런 질문을 했다고 해서 자네를 탓하지는 않겠네. 왜냐하면 많은 사람들이 그런 생각을 하고 있거든. 하지만, 절대로 자네가 생각하는 것처럼 수학이 그런 것은 아니라네. 오히려 정반대지.

나에게 수학은 이런 것이네. 수학은 내가 살고 있는 세상을 완전히 다른 시각으로 보게 해주었다네. 수학은 나를 자연의 법칙과

패턴에 눈뜨게 해주었어. 그리고 새로운 아름다움을 경험하게 해
주었지.

예를 들어, 내가 무지개를 볼 때 단순히 하늘에 있는 아름다운
색깔의 무지개만을 보고 있는 게 아니라네. 태양으로부터 나오는
하얀색 빛을 여러 개의 무지갯빛으로 쪼개내는 물방울만을 보는
것도 아니라네. 물론 나도 무지개가 아름답고 감상에 젖도록 한다
고 생각하네. 하지만 나는 무지개가 빛의 굴절만으로 이루어진 것
이 아니라는 것을 알고 있지. 색깔은 미끼에 불과하다네. 설명이
필요한 부분은 바로 모양과 밝기야. 왜 무지개가 둥근 호의 모양
인가? 왜 무지개로부터 나오는 빛은 그렇게 밝은가?

아마 자네는 이런 질문에 대해 생각해본 적이 없을 걸세.

무지개는 빛이 약간 다른 각도로 분산되어 물방울에 의해 굴절
되면서 만들어지지. 그렇다면 왜 수십억 개의 빛을 만들어내지 못
하고 빛이 모두 희미하게 될까?

그 문제의 답은 무지개의 기하학에서 찾을 수 있다네.

빛이 물방울 내부에서 반사되면, 물방울이 구형이기 때문에 빛
은 특정 방향을 따라 진행하게 되지. 물방울은 원뿔 모양의 밝은
빛을 발산하고 있지. 아니, 빛에 들어 있는 각각의 색은 자신만의
원뿔 모양을 갖는다고 볼 수 있지. 그래서 색깔별로 다른 각도를
갖는 원뿔을 형성하고 있지. 무지개를 볼 때, 우리는 특정 방향으
로 놓여 있는 물방울로부터 나오는 원뿔 모양을 보는 거야. 그리
고 각 색깔마다 독특하게 형성되는 원뿔 모양은 하늘에서 원 모양

을 형성하게 되는 거야. 그래서 우리는 무수히 많은 동심원을 보게 되는 거지. 이때 각각의 원은 각각의 색깔을 말하고 있지.

자네가 보는 무지개와 내가 보는 무지개는 다른 물방울에서 만들어진 것이네. 우리가 다른 장소에 있으면 다른 물방울에 의해 형성된 고깔 모양을 보게 되므로, 사람마다 다른 무지개를 본다고 생각하면 되네. 어떤 사람들은 이런 생각을 하면서 무지개를 보는 것이 감성적인 경험에 해가 된다고 생각하지. 하지만 나는 그들이 어리석다고 생각하네. 그렇게 말하는 사람들은 자기들이 시인인 체하거나 세상의 불가사의한 일들에 대해 마음을 활짝 열어놓고 있다고 생각하지만, 사실 그들은 호기심이 부족한 거라고 나는 생각하네. 그들은 자기가 생각하는 것 이상으로 세상이 경이롭다는 것을 인정하지 않으려고 하지. 자연은 항상 자네가 생각하는 것보다 더 심오하고 풍부하며 흥미로운 것이라네. 그리고 수학은 자네가 이런 자연의 신비로움을 이해할 수 있도록 도와주는 강력한 도구라네.

인간과 다른 동물의 가장 중요한 차이점은 바로 인간에게 이해력이 있다는 것이지. 나는 내가 무지개의 기하학을 이해하고 나서 무지개가 더 아름다워 보였다는 사실을 이야기해주고 싶네. 무지개를 기하학적으로 본다고 해서 무지개의 아름다움이 사라지는 것은 아니라네.

무지개는 하나의 예에 불과하네. 나는 동물들의 움직임에 숨어 있는 수학적인 패턴에 대해 알고 있기 때문에 동물도 다른 관점에서 볼 수 있지. 수정을 바라볼 때도 그 영롱한 빛을 보기도 하지만 원자 격자에 대해서도 생각한다네. 파도나 모래언덕, 일출과 일몰, 웅덩이에 있는 물방울, 심지어 전화선에 앉아 있는 새들을 보면서도 수학과 관련지어 생각을 하지. 물론 우리가 안개 낀 바다 저 건너편을 바라보는 것처럼 매일 부딪히는 의문 사항에 대해 모두 다 알 수 없다는 사실도 알고 있네.

우리가 간과해서는 안 되는 수학의 내면적인 아름다움이 있다네. 수학은 '그 자체로' 아름답고 고상한 것이라네. 우리가 학교에서 배우는 덧셈만 보면 가장 못생기고 형태도 갖추지 않은 대상에 불과해. 하지만 이를 지배하는 기본적인 법칙들은 그 자체의 아름다움을 지니고 있네.

그것은 일반성이라는 아이디어를 말하네. 갑자기 섬광처럼 빛나는 통찰력이기도 하지. 그래서 자와 컴퍼스로 임의의 각도를 3등분한다는 것은 3이 짝수라는 것을 증명하려고 하는 것과 같음을 깨닫고, 정7각형을 그릴 수는 없어도 정17각형은 가능하다는 것을 타당하다고 받아들이고, 한 번만 맺는 매듭을 절대로 묶을 수 없으며, 어떤 무한대는 다른 무한대보다 크고, 분명히 더 커다란 무한임에도 실제로 그 크기가 같다는 사실과 연속적인 제곱수 $1+4+9+\cdots$의 합이 제곱수가 되는 것은 오직 4900(1을 제외한)이라는 사실을 깨닫는 것이라네.

멕, 자네는 유능한 수학자가 될 잠재력을 지니고 있어. 자네는 논리적이고 호기심도 많지. 확실하지 않은 논쟁으로는 만족하지 않고, 직접 눈으로 확인하고 싶어 하지. 또한 어떻게 문제를 푸느냐 하는 것보다는 왜 문제가 풀리는지 근본적인 것을 알고 싶어 하지. 자네가 쓴 편지를 읽고, 자네도 나처럼 수학을 매력적이고 아름다운 존재로 받아들여, 수학을 통해 세상을 다르게 바라보게 될 것이라는 희망을 가졌다네.

이 편지가 자네에게 도움이 되었으면 좋겠네.

변호사가 될 뻔했던 나

어떤 사람도 그냥 수학자가 되지는 않는다네. 수학적 재능이 있는 사람도
쉽게 수학에 흥미를 잃어버릴 수 있지. 만약 내가 쇄골이 부러지지 않았다면,
벡 선생님이 아이들 사이에서 경쟁심을 부추기지 않았다면,
래드포드 선생님이 가르치는 학생 중에서 수학을 잘하는 아이가 많지 않았다면,
그리고 래드포드 선생님이 자기주장을 강하게 펼치지 않았더라면
나는 지금 자네에게 이 편지를 쓰는 대신, 부모님 세금을 줄일 수 있는 방법에 대해
말해주고 있을지도 모르지. 누구나 지금과는 다른 운명을 겪을 수 있거든.

사랑하는 멕,

자네는 나한테 어떻게 수학자가 되었냐고 물어봤지. 다른 사람과 마찬가지로, 재능(최대한 겸손하게 말한 거라네)과 격려 그리고 적절한 사고, 좀 더 정확하게 말하자면, 잘못된 사고로부터 벗어나는 것이 함께 일어나서 오늘날 내가 될 수 있었다네.

나는 어렸을 때부터 수학을 잘했지. 하지만 일곱 살이 되었을 때 영영 수학과 이별할 뻔했어. 수학 시험을 보았는데 뺄셈 문제를 그 전 주에 배운 덧셈으로 해버렸네. 결국 0점을 받고 반에서 꼴등을 했어. 반 친구들이 수학을 못했기 때문에 우리는 모두 수학에 흥미를 느끼지 못했지. 나도 수학에 관심이 없었고, 수학 시

간이 지루하기만 했어.

하지만 나를 구해준 것이 두 가지 있는데, 하나는 뼈가 부러진 사건이고 다른 하나는 우리 엄마라네.

운동장에서 게임을 하다가 한 아이가 나를 밀치는 바람에 쇄골이 부러졌지. 그 사고로 나는 5주 동안 학교에 갈 수 없었고, 우리 엄마는 그 시간을 잘 활용해야겠다고 생각하셨네. 엄마는 학교에서 수학 책을 빌려 오셨고, 엄마와 나는 그 책으로 보충 수업을 했어. 나는 글씨를 쓸 수 없었기 때문에 엄마가 연습장에 글씨를 써 주었어.

엄마는 학교 교육에 좀 민감한 편이었지. 의도는 좋았지만 판단을 잘못한 장학사 선생님 때문에 엄마 자신이 학교 교육의 희생자가 되었거든. 엄마는 똑똑했기 때문에 여덟 살에 3학년 학생들과 같이 배우게 되었다는군. 어느 날 장학사가 와서 학급을 둘러보고는 모든 질문에 답을 도맡아 하는 똑똑한 여학생에게 질문을 했지. "얘야, 너 몇 살이니?" "여덟 살인데요." 엄마의 대답을 듣고 장학사는 엄마가 3년 동안 같은 학년에 머물면서 또래 아이들이 3학년이 될 때까지 기다리라고 하셨지. 장학사는 엄마가 공부하는 것을 막으려고 했던 건 아니야. 엄마가 사회적으로 적응하지 못할까 봐 두려워했던 거지. 하지만 3년 동안 같은 학년에서 똑같은 것을 배워야 했기 때문에 엄마는 학교에 흥미를 잃고 말았어. 엄마가 학교 생활 내내 배운 것이라고는 빈둥거리는 것뿐이었다고 하네.

　나중에 엄마는 자기가 어떤 상황에 있는지 알아차렸지만 이미 때는 늦었지. 엄마는 영어 선생님이 되고 싶었지만 화학 시험에서 낙제를 하는 바람에 꿈을 이루지 못했어. 그 당시 영국에서는 자기가 가르치고자 하는 과목과 상관없는 과목에서 낙제점을 받아도 선생님이 될 수 없었거든.

　엄마는 당신이 했던 실수를 내가 똑같이 반복하기를 원치 않았어. 엄마는 내가 똑똑하다고 생각했고, 그래서 내가 세 살 때 읽기를 가르쳤어. 내가 400문제를 풀고 그중에서 396개를 맞추었을 때 엄마는 그 문제집을 학교로 가져가서 선생님에게 보여준 다음, 수학 최고 반에 들어가게 해달라고 요구하셨어.

　부러진 뼈가 붙고 다시 학교로 갔을 때 나는 수학에서만큼은 다른 아이들보다 10주나 앞서 있었다네. 엄마와 나는 함께 수학을 공부했고, 운 좋게도 나머지 과목을 따라잡는 데 별 어려움이 없었지.

　선생님은 그렇게 나쁜 선생님이 아니었다네. 사실, 우리 선생님은 친절한 분이었지. 하지만 선생님은 나를 잘못된 학급에 배치했다는 사실을 인식하지 못했고, 선생님의 실수로 잘못된 길로 들어서게 되었다네. 내가 시험에서 0점을 받은 이유는 내가 수업 내용을 이해하지 못해서가 아니라 시험에 신경을 쓰지 않았기 때문이었지. 만약 선생님이 문제를 신중하게 읽어보라고 이야기하셨다면, 나는 점수를 얻을 수도 있었을 텐데.

　하지만 엄마의 뛰어난 감각과 나를 위해 싸우겠다는 의지 덕분에 운이 좋았다고 할 수 있지. 나를 병원에 신세 지게 만든 학급 친구도 한몫한 것 같아. 그 친구는 고의적으로 나를 밀친 게 아니었는데, 아무튼 그 사건으로 나는 수학에 입문하게 되었거든.

그 이후에 훌륭한 선생님들 밑에서 배울 수 있게 되었다네.

그분들에 대해 말해주지. 한 분은 W. E. 벡이라는 선생님인데 (별명은 "거미"였지), 그분이 출제한 시험을 금요일마다 보는 것이 우리 학교의 오랜 전통이었지. 그 시험은 결코 쉽지 않았어. 20점 만점의 시험이었고, 한 주 한 주 지날 때마다 각 학생의 점수가 합산되어 계산되었어. 수학에서 좋은 점수를 받는 아이들은 1등이 되려고 필사적이었지. 이런 경쟁적인 교육 관행이 올바른 것인지 모르겠지만(사실 나는 이런 관행이 옳지 않다고 생각하지만), 경쟁적인 분위기는 나와 다른 학급 친구들에게 유익했다네.

벡 선생님의 규칙 중 한 가지는 시험을 보지 않는 학생은, 설사 그 학생이 아파서 시험을 보지 못했더라도 0점을 받게 된다는 것이었지. 어떠한 변명도 소용없었어. 그렇기 때문에 학급 아이들은 모두 점수에 신경 썼지. 다른 아이들보다 20점 앞서 있지 않는 한 어떤 시험도 소홀히 할 수 없었어.

아이들은 엉뚱한 실수로 점수를 깎이지 않도록 조심했지. 모든 문제를 읽고 문제 의도를 정확히 파악한 다음 모든 요소들을 점검하고 다시 검토하면서 문제를 풀어갔지.

내가 열여덟 살이 되었을 때, 고든 래드포드라는 선생님이 수학을 가르치셨지. 우리 반에는 수학을 잘하는 아이가 6명이나 있었어. 그래서 선생님은 교과과정 이외의 내용을 가르치게 되었지. 정규 수학 시간에 선생님은 똑바로 앉아서 숙제를 하라고 말씀하셨지. 수학만 하라는 것이 아니라 아무 숙제나 하라는 얘기였어. 그리고 조용히 하라고 말씀하셨어. 그 수업은 우리를 위한 것이 아니라 다른 아이들에게 기회를 주려는 것이었어.

래드포드 선생님은 나에게 수학이 어떤 것인지 일깨워주셨어. 수학은 다양하고 창의적이고 신선함과 독창성이 가득한 것이라는 사실을 말이야. 그리고 선생님은 나에게 또 하나 중요한 것을 가르쳐주셨어.

당시에는 대학 장학금을 주는 '주 지원 장학금 제도'가 있었는데, 그것을 받기 위해서는 시험을 봐야 했어. 물론 학교가 학생을 선택하는 것이지만 주 지원 장학금 제도는 정말 좋은 제도였어. 마지막 학년만 주 지원 장학금 제도를 응시할 수 있는데 두 명의 아이들은 그 시험을 치기에 나이가 한 살 어렸다네. 래드포드 선생님은 교장선생님에게 우리가 시험을 1년 일찍 볼 수 있도록 설득했지. 하지만 교장선생님은 과거에 그런 일을 허용해준 적이 없는 분이었어.

어느 날 아침, 두 명의 친구와 함께 학교에 가니 래드포드 선생님은 주 지원 장학금 시험을 위한 '모의시험'을 보게 될 것이라고 이야기해주셨지. 즉 연습 시험이라는 것이었어. 우리보다 나이가 많은 학생들은 수학을 1년 더 배웠고, 모의시험도 몇 주 전부터 봐왔지. 우리는 5분 전에 통보를 받고 시험을 치는 것이었어.

교장선생님은 우리가 주 지원 장학금을 위한 시험을 보도록 할 수밖에 없었지. 선생님은 우리보다 나이가 많은 학생들과 함께 시험을 보게 했고, 우리가 그들보다 더 준비가 잘 되어 있다는 사실을 증명한 거야. 그래서 우리 셋은 모두 주 지원 장학금을 탔다네.

그 무렵 래드포드 선생님은 데이비드 엡스타인 씨와 연락을 취하고 있었어. 데이비드 엡스타인 씨는 래드포드 선생님의 제자로 영국의 명문 대학인 옥스포드와 케임브리지 대학교의 수학자였어.

"내가 이 아이들에게 어떻게 해줘야 하나?"

래드포드 선생님이 묻자, 엡스타인 씨는 이렇게 대답했지.

"우리에게 보내요."

그래서 나는 아이작 뉴턴, 러셀, 비트겐슈타인의 학문적 고향인 케임브리지로 수학을 공부하기 위해 떠나게 되었어.

어떤 사람들은 직업을 추구하면서 다른 일에도 관심을 기울이기도 하지. 낮에는 변호사 일을 하지만 실제로는 소설가이거나 작곡가 혹은 재즈 트롬본 연주자로 일하는 사람들을 종종 만날 수 있을 걸세. 또 자기 일에 안주하지 못하거나 자기 직업을 현실적인 문제로만 생각하는 경우도 있지. 그건 이 사람들이 자기가 하는 일에 전념하지 않는다는 뜻이 아니라 그들 중 대부분이 자기가 하는 일을 천직이라고 생각하지 않는다는 것을 뜻하지.

어떤 사람도 그냥 수학자가 되지는 않는다네. 수학적 재능이 있는 사람도 쉽게 수학에 흥미를 잃어버릴 수 있지. 만약 내가 쇄골이 부러지지 않았다면, 백 선생님이 아이들 사이에서 경쟁심을 부추기지 않았다면, 래드포드 선생님이 가르치는 학생 중에서 수학을 잘하는 아이가 많지 않았다면, 그리고 래드포드 선생님이 자기 주장을 강하게 펼치지 않았더라면 나는 지금 자네에게 이 편지를 쓰는 대신, 부모님 세금을 줄일 수 있는 방법에 대해 말해주고 있을지도 모르지. 누구나 지금과는 다른 운명을 겪을 수 있거든.

간단히 말하자면 맥, 자네는 선생님이 자네를 한번 쓱 보고 자네가 얼마나 똑똑한지 알아주기를 바라서는 안 되네. 선생님이 자네의 재능을 알아보고 올바른 길로 이끌어줄 것이라고 기대해서도 안 되네. 어떤 선생님이 그렇게 자네를 잘 지도해준다면, 자네는 평생 그 선생님에게 고마워하겠지. 하지만 안타깝게도 어떤 선생님들은 학생의 재능을 잘 알아차리지 못하거나 신경을 쓰지 않거나 혹은 자기 자신의 문제에만 신경 쓰는 경우도 있지.

그리고 자네의 재능을 높이 사는 선생님으로부터 가장 많은 것을 배울 수 있다고 생각하지 말게. 가끔, 아니 자주, 자네가 바보 같다고 느끼게 만드는 선생님이야말로 최고의 선생님인 경우도 있으니까.

수학의 범위

리만의 가설과 같이 아직 해결되지 않은 문제들이 있다는 사실에 당황할 걸세.
그리고 무한에도 다양한 크기가 있음을 알게 되고, 왜 π가 중요한지 그 이유에 대해
알게 될 걸세. 점차 수학이 어떻게 추상적으로 되어가는지에 대해
깨닫게 될 것이고, 수학이 단지 수 이상이라는 사실을 알게 될 것이며,
그때 비로소 수학이 우리 생활에 얼마나 자리 잡고 있는지에 대해서도 알게 될 걸세.

사랑하는 멕,

자네가 나에게 한 질문에서 수학이 따분할지도 모른다는 것, 즉 수학에 대해 걱정하는 것을 느낄 수 있었지. 물론 지금 배우는 수학이 재미있기는 하지만 자네가 말했듯이 "이게 수학의 전부인가?"라는 의문을 갖고 있겠지. 자네는 영문학 시간에 셰익스피어, 디킨스, T. S. 엘리엇의 소설을 읽고 있을 거야. 그 소설들이 전 세계의 우수한 소설 중 일부라는 것을 알지만, 자네가 접해보지 못한 더 높은 차원의 영문학이 있다는 사실은 알지 못하겠지. 이와 비슷하게 고등학교에서 배우는 수학이 수학의 전부인지에 대해 생각하고 있을 거야. 큰 숫자를 다루고 어려운 계산을 하는 것보다 더 높은 차원의 수학이 존재할까?

사실 이제까지 자네는 수학의 진수를 맛보지 못했다네.

어떤 결과를 얻는 데 계산이 중요하기는 하지만 그렇다고 수학자들이 대부분의 시간을 계산을 하면서 보내지는 않는다네. 수학자들은 대부분 기호로 된 공식에만 몰두하지는 않지. 물론 공식은 없어서는 안 되는 중요한 요소지만.

학교에서 자네가 배우는 수학은 기본적인 기능이라고 할 수 있네. 그리고 그 기능을 간단한 상황에서 다루는 법을 배우는 거지. 목공일에 비유하자면 학교에서 배우는 수학은 마치 못을 박기 위해 망치 쓰는 법을 배우는 것, 혹은 나무를 크기에 맞게 자르기 위해 톱을 사용하는 법을 배우는 것과 같아. 의자를 만드는 법도 배우지 않았고, 누구도 그전에 생각하지 못했던 가구를 디자인하거나 만드는 법을 배우지도 않았지.

망치나 톱이 유용하지 않다는 이야기는 아닐세. 나무를 정확한 크기로 자르지도 못하면서 의자를 만들 수는 없겠지. 하지만 그게 전부라고 생각하지는 말게.

지금 학교에서 수학이라고 부르는 것은 실제로는 산수에 불과하네. 다양한 기수법, 덧셈, 뺄셈, 곱셈, 나눗셈에 대해 배우고, 학년이 올라가면서 다른 내용도 배우게 되지. 예를 들면 기초적인 대수, 삼각법, 좌표 기하학, 그리고 약간의 계산법에 대해 배우게 되는 거야. 1960년대나 1970년대의 현대화된 교육과정을 따른다면, 아마도 2×2행렬과 여러 군 이론^{group theory}에 대해 배울 것이네. '현대화'라는 용어를 여기서 사용하기에는 조금 어색한 감이 있군. 현대라는 말은 100년에서 200년 사이를 말하는데, 수학에서는 200년 이상 똑같은 것을 되풀이하고 있으니까.

덧셈을 정확하게 못하거나 기본 방정식을 풀지 못하거나 혹은 타원이 무엇인지 모르고서는 더 나아갈 수 없다네. 가장 높은 수준의 활동을 하기 위해서는 기초적인 지식을 완벽하게 이해하고 있어야 하지. 테니스나 바이올린을 한번 생각해보게. 수학은 기본적인 지식과 테크닉을 요구하지.

대학에서 자네는 수학을 좀 더 폭 넓게 공부하게 될 걸세. 익숙한 수들은 물론이고 음수의 제곱근인 허수에 대해서도 배우게 되지. 함수와 같이 수보다 더 중요한 것에 대해서도 배우는데, 이는 주어진 수에 특정 수를 대응시키는 것이지. '제곱', '코사인', '세제곱근' 등등. 이 모든 것이 함수라고 할 수 있지.

미지수가 2개인 연립 방정식만을 풀지는 않는다네. 해가 있다면 미지수가 몇 개이든 연립 방정식 풀이법을 이해하게 되지 ($x+y=1$, $2x+2y=3$을 풀어보게). 자네가 르네상스 시대 수학자들이 어떻게 3차 방정식, 4차 방정식을 풀었는지 알고 있을지도 모르겠네(미지수가 세제곱 또는 네제곱인 수지). 만약 그렇다면 그 방법을 이용해서 왜 5차 방정식을 풀 수 없는지에 대해서도 알고 있겠지. 방정식의 풀이에 있어 그 값을 무시하고 대신 그 대칭성에 대해 생각한다면, 왜 그 방법을 이용해서 5차 방정식을 풀 수 없는지 분명하게 이해할 걸세. 그리고 왜 방정식을 푸는 것보다 방정식의 대칭성을 이해하는 게 더 중요한지도 이해하겠지.

자네는 추상적인 용어로 대칭성의 개념을 정형화하는 방법을 알게 될 것이네. 이것이 바로 군 이론이지. 자네는 유클리드기하학*이 유일한 해결책이 아님을 발견하게 될 걸세. 그리고 위상기하학*을 배우면서 원과 삼각형이 구분되지 않는다는 것도 알게 될 거야. 표면이 하나뿐인 뫼비우스의 띠는 자네의 직관과는 많이 다르다는 것을 배우게 될 걸세. 그리고 너무 복잡한 프랙탈의 차원이 분수로 나타내어진다는 것도 배우게 될 거야. 미분 방정식을 푸는 방법에 대해서도 배우지만 궁극적으로는 대부분의 문제가 그런 방식들을 이용해서 풀 수 없다는 것을 이해하게 되지. 그러면 문제는 풀 수 없다 하더라도 그 방법들을 어떻게 이해하고 이용하는 지에 대한 방법을 배우게 될 거야.

자네는 왜 모든 수들이 각각 일정하게 소인수로 분해되는가에 대해서도 이해할 것이고, 소수라는 것이 통계적으로 규칙성을 가짐에도 불구하고 외견상 일정 패턴을 보이지 않음에 의아해하겠지. 리만의 가설과 같이 아직 해결되지 않은 문제들이 있다는 사실에 당황할 걸세. 그리고 무한에도 다양한 크기가 있음을 알게 되고, 왜 π가 중요한지 그 이유에 대해 알게 될 걸세. 점차 수학이 어떻게 추상적으로 되어가는지에 대해 깨닫게 될 것이고, 수학이 단지 수 이상이라는 사실을 알게 될 것이며, 그때 비로소 수학이 우리 생활에 얼마나 자리 잡고 있는지에 대해서도 알게 될 걸세.

자네는 왜 지구 꼭대기가 흔들거리고 그것이 빙하기에 어떤 영향을 미쳤는지 배우게 될 걸세. 그리고 나면 지구 궤도가 타원형이라는 뉴턴의 주장을 이해하게 될 것이며, 왜 궤도가 완벽한 타원형이 아닌지도 깨닫게 되겠지. 그렇게 되면 '혼돈 역학'이 담긴 판도라의 상자를 열게 되는 거야. 자네는 행성 탄생의 통계학에서 우주 탐사용 로켓의 궤도 역학에 이르기까지, 구글에서 GPS(범지구위치결정시스템)에 이르기까지, 거친 파도를 이겨내는 견고한 다리에 이르기까지, 〈반지의 제왕〉에서 이용한 그래픽에서 핸드폰 안테나에 이르기까지 얼마나 다양한 분야에서 수학이 널리 사용되었는지를 알 수 있을 거야.

'수학 없이는 이 세상이 존재할 수 없겠구나!' 라고 느끼겠지.

이렇게 수학이 다양하게 이용되는 것을 보면서, 이들의 공통점이 무엇인지 궁금하겠지. 왜 이 모든 아이디어들이 수학이라고 불리는지에 대해서 말이야. 자네는 "이게 다야?"라고 질문하겠지만 점점 수학이 많이 쓰이고 있다는 사실에 놀랄 걸세. 그때쯤 되면, 의자를 그냥 의자라고 인식하듯이, 수학을 그냥 있는 그대로 인식하지, 굳이 그 정의를 내릴 필요가 없을 거야.

바로 이것이 정답이네. 정의란 어떤 사물을 규정짓는 거지. 그렇기 때문에 정의는 창의력과 다양성을 제한하는 경향이 있어. 정의를 내린다는 것은 간접적으로 모든 가능성을 차단하고, 한 어구로 어떤 사물을 규정하는 거야. 하지만 아직 발전 단계에 있는 다른 것과 마찬가지로 수학은 항상 사람들을 깜짝 놀라게 해줄 잠재력을 가지고 있지.

전 세계적으로 학교에서는 덧셈을 가르치는 것에만 열중한 나머지 학생들이 수학에 관한 좀 더 재미있고 어려운 문제에 대답할 수 있도록 교육하지 않는다네. 그리고 정의가 너무 제한적이어서, 우리는 여전히 사람들이 보통 잘 사용하지 않는 은유를 이용해서 수학의 묘미를 표현하려고 노력하지. 우리 뇌는 컴퓨터처럼 체계적이고 논리적으로 작동하지 않는다네. 우리 뇌는 은유적인 기계이기 때문에 우선 창의적인 결론을 내리고 논리적인 판단은 나중에 하지. 그렇기 때문에 내가 수학을 정의할 때 인용하는 린 아서 스틴의 구절 "의미 있는 형태의 과학"을 들으면 자네는 아마도 내가 은유적으로 정곡을 찔렀다고 느낄 거야.

내가 스틴의 은유를 좋아하는 이유는 그 표현이 중요한 특징을 가지고 있기 때문이지. 무엇보다도 그 표현은 제한적이지 않아. 수학이 어떤 형태인지 명확하게 제시하지 않았고, "형태"나 "의미 있는"이라는 단어의 의미를 명시하지 않았지. 그리고 나는 이 구절에 쓰인 "과학"이라는 단어가 좋아. 수학은 예술보다는 과학에 가깝지. 수학은 과학처럼 엄격한 검증에 의존하거든. 물론 과학에서는 실험을 통해 검증을 하지만 수학에서는 가설을 이용하여 증명을 한다네. 또한 수학과 과학은 매우 명시적인 제약 범위 내에서 이루어지고 있어. 자네는 수학과 과학을 마음대로 구성할 수 없지. 포스트모더니스트들은 모든 것이 사회적인 통념이라고 이야기하네(물론 포스트모더니즘을 제외하고). 과학도 다수의 과학자에 의해 지지되는 의견으로 이루어져 있다는 것이야. 한 가지 예를 들자면 인간의 정자 수가 감소하고 있다는 주장이 그렇지. 하지만 대부분이 그렇지는 않아. 과학도 사회적인 측면이 있다는 사실을 부인할 수는 없지만, 실험이라는 검증 장치가 있다네. 포스트모더니스트조차 벽을 뚫고 방으로 들어오는 것이 아니라 항상 문을 열고 들어와야 하거든.

리처드 쿠란트와 허버트 로빈스가 쓴 『수학이란 무엇인가 What is Mathematics?』라는 책이 있네. 매우 유명한 책이지. 책의 제목이 질문 형태로 되어 있는 여타 책들과 마찬가지로 그 질문에는 아직 답이 없네. 하지만 그 책의 저자들은 매우 현명한 말을 했다네. 그 책의 프롤로그는 이렇게 시작하지. "인간 의식의 한 표현인 수학은 적극적 의지, 사려 깊은 추론, 그리고 완벽미를 추구하고자 하는 열망을 반영하고 있다." 그리고 그들은 우리에게 이렇게 말하고 있지. "모든 수학적 발전은 어느 정도 실질적인 필요라는 심리적 동기에서 출발한다. 꼭 필요한 목적에 맞게 사용해야 한다는 압력을 받고 시작하더라도 궁극적으로 이를 달성하게 되면, 그 후에는 사용 목적의 한계를 벗어나 발전한다." 그리고 끝맺음은 이렇다네. "다행히도 창의적인 사람들은 독단적인 철학적 신념을 잊어버린다. 사실 여기에 빠지면 창의적인 업적을 얻을 수 없다. 학자나 평범한 사람이나 마찬가지로 '수학이란 무엇인가' 라는 질문에 답할 수 있는 것은 철학이 아니라 수학에서의 활발하고 실질적인 경험을 통해서다."

내 친구인 데이비드 톨이 종종 말하듯, "수학은 그저 지켜보기만 하는 스포츠가 아니다" 라는 것과 같은 뜻이지.

일부 수학자들은 다른 무엇보다 철학에 관심이 있지만, 오늘날 수리철학자 중 한 사람인 루번 허쉬는 좀 달랐다네. 그는 쿠란트와 로빈스가 수학이란 무엇인가라는 질문에 이렇게 대답했다고 논평했어. "수학이 무엇인지 말하기보다는 보여줌으로써 답을 했다. 호기심을 가지고 즐겁게 이 책을 읽은 후에 나는 여전히 의문이 들었다. 하지만 수학이 진짜 뭐지?" 그래서 허쉬는 '수학이란 무엇인가' 라는 똑같은 제목의 책을 써서 이제까지와는 다른 방식으로 질문을 풀어나갔다네.

전통적으로 수리철학에는 두 가지가 있지. 하나는 플라톤주의, 다른 하나는 형식주의야.

플라톤주의를 지지하는 사람들은 어떤 방식으로든(약간 신비스럽기는 하지만) 수학적 실체가 존재한다고 믿지. 그들은 추상적인 영역 저 너머에 수학적 실체가 존재한다고 말한다네. 하지만 이 추상적인 영역이 상상의 세계는 아니지. 왜냐하면 상상은 인간의 특성이니까. 이것은 비물리적으로 실재한다는 뜻이야. 수학자가 말하는 원이란 무한대로 얇은 두께를 가진 원주와 무한대의 소수점으로 나타낼 수 있는 일정 반지름을 가지고 있지만, 그럼에도 결코 물리적인 형태를 갖지는 않는다네. 만약에 아르키메데스가 그랬던 것처럼 자네도 모래 위에 원을 그린다면 그 경계선은 너무 두껍고 반지름도 일정하지 않을 거야.

자네가 그린 원은 수학적인 원, 즉 플라톤주의가 말하는 원에 가까운 것에 불과해. 플래티늄 석판에 다이아몬드 바늘로 아무리

정교한 원을 그려도 마찬가지야.

그렇다면 수학적인 원은 어디에 존재할까? 그리고 만약 그런 원이 존재하지 않는다면, 그게 어떻게 우리 실생활에 도움이 될 수 있을까?

플라톤주의를 지지하는 사람들은 수학적 원이 현실 세계에 실제로 존재하는 것이 아니라 이상적인 것으로, 항상 인간의 마음속에 자리 잡고 있는 것이라고 이야기하지.

형식주의자들은 플라톤주의의 주장을 애매모호하고 의미 없는 것이라고 반박하고 있네. 유명한 형식주의자인 데이비드 힐버트는 기호를 가지고 의미 없는 게임을 하는 것처럼 논리를 바탕으로 수학의 체계를 완성하려고 노력했지. 이런 관점에서 봤을 때 2+2=4와 같은 식은 우리 안에 두 마리 양이 있고 거기에 두 마리 양을 넣으면 네 마리가 된다는 것으로 해석할 수 있지. 2, 4, + 그리고 =이라는 기호를 사용해서 얻은 결과지. 하지만 이 게임은 반드시 엄격한 규칙에 따라서 이루어져야만 해.

철학적으로 보면 형식주의는, 쿠르트 괴델이 어떤 정형화된 이론으로도 수학의 모든 것을 다룰 수 없고 모든 이론이 논리적으로 일관성이 있는 것은 아니라는 사실을 증명하면서 사실상 사장되었지. 물론 힐버트도 처음에는 이에 화가 났었지. 하지만 힐버트의 게임 밖에 존재하는 수학적 명제가 있다네. 이건 증명도 반증도 할 수 없는 문제지. 그와 같은 명제들은 어떤 것이든 모순 없이 산술 공리*에 덧붙일 수 있어. 그 명제의 부정도 같은 특성을 가지고 있지. 그래서 우리는 그런 명제를 참이라 할 수도 있고 거짓이라 할 수도 있어. 즉 힐버트의 게임에서는 어느 쪽으로도 성립되게 마련이야. 특히 산술이 가장 기초적이고 자연적이기 때문에 유일한 것이라는 생각은 잘못된 것이야.

대부분의 수학자들은 이 사실을 무시하고 있지. 마치 플라톤주의의 주장을 무시하는 것처럼 말이야. 아마도 그 이유는 증명될 수 있거나 반증될 수 있는 수학 문제만이 그들에게 관심 있기 때문일 거야.

수학을 할 때, 마치 실제 생활에 있는 것처럼 생각할 수도 있어. 물건을 집어들고 이리저리 돌려보고 눌러보고 찔러보고 조각조각으로 나누어보기도 하겠지. 반면 기호가 뜻하는 구체적인 사물의 의미를 잊어버리고, 기호에만 집중하면서, 연구의 발전을 이룰 수도 있어. 그렇기 때문에 대부분 수학자들이 이해하는 철학은 플라톤주의의 주장과 형식주의자들의 견해를 합쳐놓은 것이지.

자네가 원하는 것이 수학을 하는 것이라면 괜찮네. 루번 허쉬가 말했듯이 "수학이 첫 번째고 그것을 철학적 관점에서 보는 것은 나중 문제다. 철학이 수학보다 먼저 올 수는 없다." 하지만 만약 허쉬처럼 철학적 관점을 확립하는 것이 더 좋은 방법이라고 생각한다면, 그것은 결국 '수학이란 무엇인가?' 라는 기본적인 질문으로 이어지지.

허쉬는 수학이 인간적인 철학이라고 대답했네. 수학은 "인간 활동이며, 사회적인 현상이며, 인간 문화의 일부이자 역사적으로 발전하는 것이며, 사회적인 맥락에서만 이해할 수 있는 것이다."
하지만 이것은 설명이지 정의가 아니야. 왜냐하면, 허쉬의 설명은
그것이 무슨 활동인지 구체적으로 명시하지 않았기 때문이지. 이
러한 설명은 포스트모더니즘적으로 들릴 수도 있겠지만, 포스트
모더니즘보다는 좀 더 똑똑한 설명이라고 할 수 있어. 왜냐하면
허쉬는 사람들의 마음을 지배하는 사회적인 관습이 매우 경직된
비사회적인 제약에 존속되어야 함을 인식했지. 즉 모든 것은 논리
적으로 맞아 떨어져야 한다는 규칙 말이야. 수학자들이 함께 모여
π는 3이라고 합의했다고 하더라도, 사실 그럴 수는 없는 거야. 논
리에 들어맞지 않거든.

수학적인 원은 사람들의 합의로 도출된 상상물 그 이상이라고
할 수 있지. 수학적인 원은 구체적인 특징을 가지고 있는 개념이
야. 수학적 원은 사람들이 그것으로부터 다른 특성을 찾아낼 수 있
다는 점에서 존재가 가능하지. 즉 두 사람이 같은 문제에 대해 연
구한다면, 그들은 상충되는 답안을 내놓을 수 없다는 얘기야.

그렇기 때문에 우리는 수학이 '존재'한다고 느끼는 걸세. 미해
결 문제에 대한 답을 찾아나가는 것은 무언가를 발견하는 것으로
느끼지 발명하는 것으로 생각하지는 않는다네. 수학은 인간 마음
의 산물이지만 그렇다고 사람의 의지대로 조종할 수 있는 것은 아
니란 말이지. 수학을 탐구하는 것은 새로운 산길을 탐험하는 것과
같아. 강을 따라가다 다음 굽이에서 어떤 길이 나올지 모르지만,
나오는 그 길을 자네 마음대로 선택할 수는 없지. 그냥 기다리다

가 다음에 나오는 길을 알게 되는 거지. 하지만 수학이라는 영토
는 탐험하기 전까지는 존재할 수 없는 거야.

예술계에서 두 사람이 논쟁을 벌인다면, 아마 그들이 해결점을
찾을 수 없다는 사실을 알고 있을 걸세. 두 수학자가 논쟁을 한다
면, 그들은 종종 감정적이거나 공격적이 되지. 하지만 논쟁을 하
다가 한 명이 말을 멈추면서 말하지. "미안하네. 자네가 옳아. 이
제야 내가 뭘 실수했는지 알겠네." 그리고 그 두 명의 수학자들은
논쟁을 멈추고는 함께 점심을 먹겠지. 언제 논쟁을 벌였냐는 듯,
다시 친한 친구 사이가 되는 거야.

나는 허쉬의 말에 정말 동감하네. 만약 자네가 수학을 인간적인
관점에서 설명한 것에 대해 어리석다고, 즉 이러한 형태의 '사회
적으로 합의된 구성물'이 드문 것이라고 생각한다면, 허쉬는 자네
의 마음을 바꿔줄 다른 예시를 제시할 걸세. 바로 돈이야. 우리가
살아가는 세상에는 돈이 필요하지. 하지만 돈이란 무엇인가?

돈은 단지 종잇조각이나, 금속 조각이 아니지. 그런 종잇조각이
나 금속 조각은 언제든 다시 찍어내고 주조할 수 있어. 혹은 은행
에 넘겨주어 파기하기도 하지. 또한 돈이란 컴퓨터 상에 있는 숫
자도 아니야. 만약 컴퓨터가 고장 난다 하더라도 자네는 여전히
돈의 주인이지.

돈은 사회적으로 합의된 개념이야. 돈은 우리가 그것을 가치 있
다고 합의했기 때문에 가치를 지니게 되지.

여기서 또 한 번, 강한 제약이 있어. 만약 자네가 은행 직원에게

자네 계좌에 컴퓨터 상의 수치보다 더 많은 돈이 있다고 말한다면, 그 직원은 쳐다보지도 않고 이렇게 대답할 거야. "문제될 것 없어요. 돈이란 사회적 약속일 뿐이에요. 여기 1,000만 달러의 여분도 있어요. 좋은 하루 보내세요."

수학을 사회적으로 합의된 개념이라고 생각하고 싶은 유혹도 강하지만, 수학은 어쩔 수 없이 논리적일 수밖에 없어. 똑똑한 사람이 수학을 만들어내지. 우주선 파이어니어 호와 보이저 호가 발사되었을 때 암호화된 메시지를 실어 보냈지. 그 메시지는 인간이 외계인에게 보내는 것으로 언젠가는 외계인이 볼 것이라고 생각하고 만든 거야. 파이어니어 호는 수소 원자 다이어그램이 있는 액자를 싣고 갔지. 그것은 태양이 어디에 위치하고 있는지 보여주기 위한 지도였는데, 그 주변에는 벌거벗은 남녀가 우주선 그림 앞에 서 있었어. 그리고 우리가 어디에 살고 있는지 보여주기 위해 태양계도 그려 넣었지.

과연 외계인이 그 메시지를 받는다면 해독할 수 있을까? 과연 o-o라는 그림, 두개의 원을 선으로 연결한 모양을 수소 원자라고 외계인들이 생각할까?

만약 우리 과학자들도 아직 정확하지 않다고 말하는 기본 '물질'의 이미지 대신 외계인들이 원자 이론을 설명할 때 양자 파동 기능에 의존한다면 어떻게 될까? 외계인들은 과연 인간이 전달하고자 하는 메시지를 이해할 수 있을까?

이런 문제들에 대해 논의할 때 우리가 궁극적으로 주장하는 바는, 이런 메시지를 그들이 이해하지 못한다 할지라도 똑똑한 외계인이 간단한 수학 패턴에 대해 이해하고, 나머지 외계인들은 그 외계인이 이해한 지식을 바탕으로 수학을 발전시켜나간다는 것이지. 아직 공식적이지는 않지만, 수학은 만국 공통의 것이니 외계인들도 우리처럼 숫자 1, 2, 3을 세겠지. 외계인들은 그림에 암시된 패턴을 아마 * ** *** ****라고 이해할지도 모르지.

물론 나도 확신할 수 없네. 나는 앨리스테어 레이놀즈가 쓴 『다이아몬드 개Diamond Dogs』라는 책을 읽고 있네. 이 소설은 외계인이 만든 아주 이상하고 끔찍한 탑에 대한 이야기야. 문제를 풀면 앞에 있는 방으로 이동할 수 있지만, 만약 잘못된 답을 말하면 아주 끔찍한 죽음을 맞게 된다는 내용이지. 레이놀드의 이야기 전개는 아주 흥미진진해. 하지만 그 이야기는 기본적으로 외계인들이 인간이 만든 것과 비슷한 수학 퍼즐을 풀 수 있음을 가정하고 있어. 외계인 수학이 사람이 하는 수학과 아주 흡사하다는 거야. 외계인들도 위상기하학을 하고, 칼루자-클라인 이론*이라고 알려진 수학적 물리학도 하고 있지. 프록시마 센터우리라는 5번째 행성에 도착하는 것이 마치 월마트를 발견하는 것과 비슷하다고나 할까. 소설 속에서는 외계인 수학과 우리가 아는 수학이 비슷할 것이라고 가정하고 있지만, 나는 그렇게 생각하지 않는다네.

나는 인간이 하는 수학이 우리의 특정 물리학, 경험, 정신적으로 우리가 선호하는 것들과 더 밀접하게 연결되어 있다고 생각하네. 이것은 보편적인 것이라기보다는 제한적인 것이라네. 기하학의 점과 선은 형태 이론의 기본처럼 보이지만, 사실 그것은 우리가 세상을 나누는 시각 시스템의 특징을 가지고 있다네. 외계인의 시각 시스템은 아마도 빛과 그림자를 찾아내거나, 동적인 것과 정적인 것을 구분하는 것, 혹은 주파수와 진동을 찾아내는 것일지도 모르지.

외계인의 뇌는 어쩌면 형태보다는 냄새나 우울한 기분을 근거로 세상을 바라볼지도 모르네. 우리는 1, 2, 3과 같이 연속이 아닌 이산량을 자연스럽게 사용하지만, 외계인들은 우리의 관습을 추적해나가다 어쩌면 이것들을 양과 같은 재산으로 간주하지 않을까? 예를 들면 "양 한 마리를 도둑맞았어?"라고 할 수 있는 거지.

산술은 두 가지를 통해 탄생했지. 바로 계절의 변화와 상업이야. 하지만 목성과 같은 가스 덩어리는 어떨까? 바람으로 이루어지고, 개인의 소유물이 될 수 없는 것 말이야. 외계인들이 미처 3개도 세기 전에 그것들은 모두 잘게 부서져 사라지겠지. 하지만 외계인들은 요동치는 액체의 흐름에 대해서는 우리보다 더 잘 이해하고 있을지도 몰라.

나는 외계인의 수학과 우리의 수학이 만나더라도 서로 논리적으로 일관성이 있을 것이라고 생각하네. 하지만 그것도 자네가 어떤 논리에 의존하느냐에 따라 다르지.

인간이 사용하는 수학이 유일한 수학이라고 플라톤주의는 주장하네. 물론 가장 이상적인 수학이 어딘가에 존재할 수도 있지만, 그 존재가 하나 이상의 추상적인 영역이기 때문에 가장 이상적인 형태가 꼭 하나일 필요는 없지. 그들의 수학은 그들 사회에서 합의한 사회 개념일 수 있어. 만약 그들이 사회를 구성하고 있다면 말이야. 만약 그들 세계에 사회가 없고 각기 다른 점들이 의사소통하지 않는다면, 과연 수학이라는 개념이 존재할 수 있을까? 숫자 없는 수학을 상상할 수 없듯이, 서로 의사소통하지 못하는 구성원들은 결코 '똑똑한' 종이라고 생각할 수 없어. 하지만 사실 우리가 상상하지 못한다고 해서 그 존재가 없다고 할 수도 없지.

내가 지금 주제에서 좀 벗어나고 있는 것 같네. 다시 돌아가서, 수학이란 무엇인가?

안타깝게도 어떤 사람이 "수학이란 수학자들이 행하는 행위"라고 정의하자고 제안했네. 그럼 수학자들은 무엇인가? "수학을 하는 사람"이 되어버리지. 이러한 논쟁은 플라톤주의의 주장이라네. 하지만 비슷한 질문 하나를 해보겠네. 비즈니스맨이란 무엇인가? 비즈니스를 하는 사람이라고? 그렇지 않네. 비즈니스맨이란 다른 사람이 이용하지 못하는 기회를 찾아서 비즈니스를 하는 사람을 말하지.

수학자란 수학의 기회를 찾는 사람들이라네.

나는 이러한 설명이 맞다고 생각하네. 이러한 정의를 사용하게 되면, 수학자와 다른 사람을 명확하게 구분지을 수 있지. 수학이란 무엇인가? 수학이란 특정 기회를 인식하는 사람들에 의해 만들어진 산물이지. 그리고 이런 기회를 찾아내는 사람들이 바로 수학자인 거지.

조금 순환적인 논리이기는 하지만, 수학자들은 항상 같은 길을 가는 사람들을 알아볼 수 있지. 동료 수학자가 어떤 일을 하고 있다면, 그 일은 우리가 합의한 개념에 새로운 측면을 추가하는 거야.

수학자 클럽에 온 것을 환영하네.

아직 끝나지 않았다고?

"한 십대 아이에게 내가 수학 연구를 하고 있다고 말했을 때 그 아이는 이렇게 대답했다.
'그걸 왜 해요? 공부해야 할 수학만 하더라도 이미 산더미 같은걸요.
또 다른 수학 개념이 나오는 게 싫어요.'" 그 십대 소녀는 왜 새로운 수학이 발견되면,
그것이 곧 학교 교과서에 실릴 것이라고 생각했을까?

사랑하는 멕에게.

지난번 편지에서 자네가 나에게 물었지. 대학교에서 수학을 전공하면 이미 학교에서 배웠던 범위에서 얼마나 벗어나 공부하게 되냐고. 아무리 깊이 연구를 한다 하더라도 어느 누구도 같은 주제를 3~4년씩 공부하고 싶지는 않을 거야. 물론 미래를 내다봤을 때, 수학에서 앞으로 얼마나 새로운 것을 만들어낼 수 있을까 고민하는 것도 당연하지. 만약 다른 사람들이 이미 여러 분야를 폭넓게 연구했다면, 자네가 새로운 분야의 선구자가 될 가능성이 있겠나? 과연 앞으로 수학에서 새로운 분야라는 것이 존재하기는 할까?

이번에 내가 할 임무는 간단하네. 자네가 두 가지 측면을 편안하게 생각하도록 해야겠네. 어떤 경우라도 그 반대 경우에 대해

걱정을 하겠지. 즉 사람들이 너무나 많은 새로운 수학을 창조한다는 것이고, 그래서 그만큼 연구할 분야가 수학에 많다는 것이지. 그렇다면 어디부터 시작을 해야 할지, 어떤 방면으로 나가야 할지 결정하기가 어려울 거야.

수학은 습관적으로 생각을 대치하는 로봇과 같은 방식이 아니라네. 수학은 지구에서 가장 창조적인 활동이야.

많은 사람들이 이런 말을 처음 들어봤겠지. 심지어 자네를 가르치는 선생님들조차 새로운 말로 받아들일 수도 있어. 많은 사람들이 수학은 학교에서 배운 것에 한정된다고 생각한다는 사실에 나는 항상 놀란다네. 많은 사람들은 학교에서 배운 수학이 전부라고 생각하지.

더욱 놀라운 사실은 '수학 문제의 모든 답은 책 뒷면에 있기 때문에' 수학에서 창의력은 찾아볼 수 없고, 모든 문제의 답을 다 구할 수 있다고 사람들이 생각한다는 거야. 왜 이렇게 많은 사람들이 수학 교과서에 있는 문제가 전부라고 생각할까?

이와 같은 상상력의 빈곤은 두 가지로 설명할 수 있어.

한 가지는 많은 사람들이 학교에서 수학을 배우면서 수학에 흥미를 잃는다는 사실이야. 학생들은 수학이 따분하고 경직되고 반복적인 것이라고 생각하지. 최악의 경우는 수학을 어렵다고 생각하는 거야. 수수학 시간에는 정답과 오답, 딱 두 가지만 있고 교사들은 틀린 답을 바로 고쳐주기 바쁘지. 그런 면에서 수학은 융통성 없는 과목이라고 할 수 있네. 대부분의 사람들은 수학책 뒷면에 답이 있기를 바라지. 그렇지 않으면 쳐다보지도 않을 테니까.

대임 캐슬린 올러런쇼는 영국에서 가장 저명한 수학자이자 교육자라네. 그녀는 90세가 되어서도 연구 활동을 계속하면서 자서전 『많은 것을 이야기한다는 것 To Talk of Many Things』을 집필했지(자네에게 영감을 줄 수 있을 테니, 이 책을 꼭 한번 읽어보게).

그 자서전에 이런 말이 나오네.

"한 십대 아이에게 내가 수학 연구를 하고 있다고 말했을 때 그 아이는 이렇게 대답했다. '그걸 왜 해요? 공부해야 할 수학이 이미 산더미 같은걸요. 또 다른 수학 개념이 나오는 게 싫어요.'"

이 문장은 기본적으로 많은 것을 전제로 하고 있지만, 우선 한 가지만 말하겠네. 그 십대 소녀는 왜 새로운 수학이 발견되면, 그것이 곧 학교 교과서에 실릴 것이라고 생각했을까?

여기서 우리도 같은 생각을 하게 되지. 바로 학교에서 배우는 수학이 수학의 전부라는 거야. 하지만 어느 누구도 물리학, 화학, 생물학 심지어 프랑스어나 경제학을 배우면서 그렇게 생각하지는 않지. 사실 학교에서 배우는 수학은 단지 널리 알려진 것 가운데 극히 일부라는 것을 우리 모두는 알고 있다네.

나는 종종 수학 수업을 지칭할 때 '산술'이라는 단어를 썼으면 하는 생각이 든다네. 학교 수학을 그냥 '수학'이라고 부르는 것은 수학의 내용을 격하시키는 거야. 기계적으로 악보를 연주하는 것을 '작곡'이라고 부르는 것과 같다고나 할까. 하지만 나는 수학을 산술로 바꾸라고 할 만한 힘이 없다네. 그리고 사실 이름을 바꾸면 수학에 대한 사람들의 인지도도 떨어질 거야. 대부분의 사람들이 삶에서 수학을 접하는 곳이 바로 학교니까.

내가 첫 편지에서 말했듯이, 수학은 우리 일상생활과 깊은 관련을 맺고 있지. 수학은 우리 인류의 생존에 심오한 영향을 미치는데, 그 영향이 우리 눈에 보이지 않는 곳에서 이루어지기 때문에 우리가 알아차리지 못하는 것일 뿐이지. 많은 학생들이 수학 교과서 밖에도 수학이 존재한다는 생각을 하지 못하는 것은 어느 누구도 학생들에게 학교 밖에도 수학이 존재하고 있다는 말을 하지 않아서라네.

물론 선생님들을 비난하고 싶지는 않네. 수학은 중요하지만 어렵기 때문에, 대부분 학교에서는 학생들이 특정 형태의 문제를 풀고 답을 정확히 구할 수 있도록 하는 데만 정신이 팔려 있지. 그래서 선생님들은 학교에서 아이들에게 수학의 역사나 수학이 우리 문화와 사회와도 관련이 있다든지, 매년 새로운 수학이 탄생하고 있다든지, 아직 풀리지 않은 문제가 있다든지 하는 이야기들은 할 수가 없어. 모든 문제들을 수학계에서 다루고 있는데도 말이야.

멕, 세계 수학자 인명사전에는 5만 5,000개의 이름과 주소가 있다네. 이 사람들은 그냥 팔짱만 끼고 있는 것이 아니야. 가르치는 일도 하고, 연구 활동도 하지. 《수학 리뷰》라는 잡지는 한 달에 한 번씩 발행되는데 2004년판 총 쪽수가 무려 10만 586쪽이나 된다네. 이 잡지에는 연구 논문 전문이 아니라 간단한 요약본만 실려 있지. 그래서 2004년도판에는 약 5만 편의 논문이 실려 있다네.

논문 한 편이 약 20쪽이니까, 거의 매년 새로운 수학에 관한 글이 100만 쪽이나 쏟아져 나온다고 할 수 있지!

　많은 수학 선생님들이 이런 상황을 알고 있음에도 말하지 않는 그럴듯한 이유가 있지. 만약 학생들이 2차 방정식을 잘 풀지 못한다면, 똑똑한 선생님은 아이들에게 더 어려운 3차 방정식은 더더욱 풀게 하지 않을 거야. 해가 있는 연립방정식을 풀고 있는 학생들에게 연립방정식 중에서 해가 없는 방정식이 있다거나, 무한개의 해가 있는 연립방정식이 존재한다고 이야기하는 것은 혼란만 가중시키겠지. 자기 검열 과정이 작동하는 거지. 학생들의 자신감을 꺾지 않기 위해 아이들이 학습한 방법으로 풀 수 없는 문제는 교과서에 싣지 않아. 그렇기 때문에 우리는 답이 존재하는 수학 문제만 풀게 되는 거지.

　하지만 실상은 그렇지 않다네.

　사실 수학 교육은 근본적으로 문제가 많아. 학생들은 이게 옳은지 그른지에 대해서는 모른 채 수학 개념을 외우고 테크닉을 익히지. 그리고 학습한 내용에서 벗어난 다른 내용을 공부하는 것은 필요 없다는 생각을 하게 되지.

　수학을 문화적인 맥락에서 다룬다든지, 수학이 인류에게 어떤 도움을 주었는지, 역사적으로 어떻게 발전했는지, 혹은 아직 풀리지 않은 문제들이 얼마나 많은지, 학교에서 배울 수 없는 수학을 탐구하는 것이 어떤 것인지에 대해 이야기해볼 수도 있어. 하지만 이런 것을 이야기한다면, 학교 시험을 준비할 시간이 모자라겠지.

그래서 대부분 이런 문제들은 논의하지 않아. 내 스승 래드포드 선생님을 비롯해서 여러 선생님들은 이런 다양한 수학 이야기를 어떤 식으로든 해주고 싶어 하지.

미국에 엘런과 로버트 카플란이라는 부부가 있는데, 그들은 수학 교육에 신선한 방법을 제시했지. 그 부부는 '수학 서클'이라는 시리즈를 시작했어. 그곳에서 어린아이들은 우리가 알고 있는 교실과는 전혀 다른 분위기에서 수학과 마주하게 되지. 그 서클의 성공을 보면 학교에서 우리가 그러한 활동에 좀 더 많은 시간을 할애할 필요가 있다는 것을 알 수 있다네. 하지만 이미 수학은 수업 시간에서 상당한 부분을 차지하고 있기 때문에 다른 과목을 가르치는 선생님이 거부할지도 몰라. 그래서 아직 그런 상황이 정리되지 않은 상태지.

한 가지 놀라운 사실을 설명해주겠네. 자네가 수학을 배우게 되면 될수록, 새로운 질문을 할 기회가 많아진다는 거야. 수학적 지식이 많아지면 많아질수록 새로운 수학을 발견할 가능성도 높아지지. 물론 믿기지 않겠지만, 이제까지 새로운 수학을 발견했던 사례를 보면 다 과거의 수학을 바탕으로 이루어졌다네.

어떤 과목을 공부하든, 아는 것이 많으면 많을수록 새로운 것을 더 빨리 이해할 수 있게 되는 법이라네. 기존의 수학 개념을 모두 이해하고 나서야 새로운 것을 발견하게 되지. 만약 수학을 건물에 비유한다면 거꾸로 서 있는 피라미드라고나 할까. 아주 좁은 기반을 바탕으로 세워진 거꾸로 서 있는 모양의 피라미드는 위로 올라갈수록 넓어지지. 그 건물이 커지면 커질수록, 더 많은 것을 지을 수 있는 공간이 확보되는 거야.

어느 정도까지는 모든 과목이 다 그렇다고 할 수 있지. 하지만 다른 과목의 피라미드는 그렇게 빨리 커지지는 않는다네. 그리고 새로운 빌딩이 이미 있는 빌딩 옆에 만들어질 수도 있어. 이런 과목들은 도시를 닮았어. 자네가 만약 지금의 빌딩이 마음에 들지 않는다면, 다른 빌딩으로 이사 가서 새로운 출발을 할 수도 있겠지. 하지만 수학은 그 자체가 하나의 거대한 건물이야. 다른 건물로 옮긴다는 것은 불가능하지.

학교 수학에서는 대부분 수에 대해 배우기 때문에 많은 사람들은 수학이 수로만 되어 있다으며, 수학 연구란 새로운 수를 만들어내는 것이라고 생각하지. 하지만 새로운 수가 항상 존재할까? 만약 이미 그 수를 발견한 사람이 있다면? 이것은 그들이 잘못 생각하고 있는 거지.

학교에서 배우는 수는 대부분 산수에 관한 것이지. 예를 들면 473 더하기 982와 같은 문제 말이야. 아니면 16 나누기 4는 얼마? 이런 식의 문제를 다루지. 기수법에 관한 문제도 많이 다루고 있지. 예를 들면 7/5이라든지 1.4와 같은 소수, 0.3333……과 같은 순환하는 무한 소수, 혹은 π와 같은 숫자도 배우지. π는 반복되는 패턴 없이 무한한 숫자야.

우리가 어떻게 π에 대해 알 수 있었을까? 수학자들은 모든 자리수를 계산하지 않았어. 그리고 π가 아무 패턴 없이 숫자가 무한히 나간다는 것을 계산해서 알아낸 것도 아니야. 수학자들은 π를 간접적으로 증명했지. 처음으로 π를 증명한 사람은 요한 람베르트야. 1770년, 기하학이 아니라 계산법을 통해 이를 증명했지. 거의 한 쪽 분량의 증명 내용 중 대부분이 계산이었지만, 실제로는 계산에 관한 것이 아니라 어떤 계산식을 사용할 것인지 찾아내는 내용이었지.

학교에서 배우는 것 중에서 좀 더 창의적인 내용은 소수에 관한 것인데, 소수란 어떤 두 정수를 곱해서 만들 수 없는 수를 말하지. 하지만 학생들이 가장 흔하게 접하는 수는 미니 계산기의 버튼에 나와 있는 숫자야.

거꾸로 뒤집어진 피라미드의 윗부분에서 찾아볼 수 있는 내용은 이와 같은 것이 아니지. 피라미드 윗부분의 내용은 개념, 생각, 혹은 과정을 뒷받침하거든. 단순히 '다음 두 숫자를 더하시오'라는 문제를 푸는 것이 아니라 '왜 π의 소수점 이하의 숫자들은 반복되지 않을까?'를 생각하는 거야.

예를 들면, 변의 길이가 3, 4, 5인 삼각형은 직각삼각형이라는 사실 같은 것들이지. 아마 고대 이집트인들은 피라미드를 만들 건물 부지를 조사하기 위해 끈에 매듭을 지어 길이를 표시했겠지. 나는 3-4-5 삼각형의 실질적인 효용성에 대해서는 회의적인 사람이네. 왜냐하면 '끈이 과연 정확하게 나뉘었을까?'라는 의문이 들기 때문이지. 하지만 이집트인들은 아마 직각삼각형의 성질에 대해 알고 있었을 거네. 물론 고대 바빌로니아 사람들도 마찬가지

였겠지.

학교에서 배우는 피타고라스의 정리는 '직각삼각형에서 짧은 두 변의 제곱의 합은 가장 긴 변의 제곱과 같다'고 말하고 있지. 피타고라스의 정리와 같은 이론은 많이 있다네. 고대 그리스 수학자들은 이미 그것을 찾는 방법을 알고 있었지. 17세기 프랑스 변호사 피에르 드 페르마의 취미는 수학이었어. 그는 상상 속의 질문들을 많이 했어(그렇게 상상력이 풍부한 것이 아닐 수도 있지. 지식을 향한 큰 걸음을 내딛기 위해 이미 알고 있는 것에서 너무 멀리 갈 필요는 없었으니까). 그 질문을 기초로 새로운 수학이 만들어졌지. 두 수의 제곱의 합은 또 다른 수의 제곱이라는 것을 알고 있는데 두 수의 세제곱의 합도 또 다른 수의 세제곱이 될까? 네제곱의 경우는? 페르마는 답을 얻을 수 없었어. 마침내 네제곱의 경우에는 성립되지 않음을 증명할 수 있었지. 그는 고대 그리스의 정수론 교과서 여백에 2보다 큰 자연수 n에 대해 $x^n + y^n = z^n$을 만족하는 정수는 존재하지 않는다는 명제를 증명했다고 적어놓았어. 하지만 "책에 여백이 없어 증명은 생략한다"고 했지.

수학의 유용성 문제는 잠시 접어두기로 하세. 실제 응용이 더 중요하지만, 지금 우리는 창의성과 상상력에 대해 이야기하고 있으니까. 사실 너무 실용적인 것에 집착하다 보면 창의성을 잃어버릴 수 있지. 페르마의 마지막 이론은 매우 심오하면서 어려운 것으로 밝혀졌어. 페르마의 증명은 존재한다 하더라도 정확한 것이 아닐 가능성이 높았지. 그 누구도 해결할 수 없었으니까. 그 후 많은 수학자들이 그 문제를 공격했지만 몇몇 사람만이 그런 등식이 5제곱수, 7제곱수에서는 성립되지 않음을 증명했어. 350년이 지난 1994년이 되어서야 마침내 그 이론이 완벽하게 증명되었지. 증명한 사람은 앤드루 와일스였어. 아마 그 증명에 대한 다큐멘터리를 TV 방송에서 했던 것을 기억할 거야.

와일스가 사용한 방법은 가히 혁명적인 것이었다네. 대학원 학생들이 이해하기에도 어려운 내용이었지. 그는 다른 학자들의 견해를 종합해서 훌륭하게 증명을 해냈어. 수학의 최고 수준을 뛰어넘어 새로운 것을 만드는 순간이었어. 그 TV 다큐멘터리 프로그램은 정말 감동적이었고, 많은 시청자들이 눈물을 흘렸지.

페르마의 마지막 정리를 대학원에서는 배우지 않는다네. 자네가 배우기에는 너무 어려운 문제야. 하지만 정수론의 여러 기초 과목을 배우게 될 거야. 예를 들면 '모든 양의 정수는 기껏해야 제곱수 네 개의 합이다'라는 것의 증명법을 배울 거야. 과거 수학자들이 페르마의 마지막 정리에서 얼마나 많은 내용을 따왔는지에 대해서도 배울 거야. 그런 과정을 겪으면서 추상적인 대수학이 어떻게 만들어졌는지 이해하게 되겠지. 많은 사람들이 거의 눈치 채지 못하지만 어느새 새로운 세계로 들어가게 되는 것이 바로 수학이라네.

거의 모든 사람들이 매일 정수론을 이용하고 있지. 왜냐하면 정수론은 인터넷 보안 코드의 근본일 뿐만 아니라 케이블이나 위성 텔레비전이 채택하고 있는 데이터 압축 방법의 기본이기도 하니까. 우리가 TV를 보기 위해 정수론을 알 필요는 없지만 만약 정수론을 아는 사람이 아무도 없다면, 사기꾼이 은행 계좌를 불법적으로 만드는 일을 방치할 수도 있고, TV 채널도 3개밖에 없을 수도 있지. 페르마의 마지막 정리는 우리 생활에서 상당히 유용한 것이라네.

하지만 그 이론도 그 자체로는 그리 유용하지 않아. 사실 실질적인 문제들 중에서 두 개의 제곱수를 더해서 다른 수의 제곱을 만들어낸다는 이론을 이용하는 것은 거의 없지(어떤 사람이 나에게 말하기를, 물리학에서 적어도 한 가지 문제는 이런 이론에 바탕을 두고 있다고는 하지만).

반면 와일스의 새로운 방법은 이제까지 수학과 분리되었던 영역과의 새로운 연결 고리를 만들어주었다네. 이런 방법들은 앞으로도 중요하게 될 걸세. 아마 기초 물리학에서 중요하게 여겨질 것 같네. 왜냐하면 기초 물리학은 가장 심오하고 추상적인 수학의 개념과 테크닉을 이용하고 있으니까.

페르마의 마지막 정리와 같은 문제는 중요하지 않다네. 왜냐하면 우리는 그 문제에 대한 답을 이해할 필요가 없으니까. 결국, 어떤 이론이 사실로 증명되면 별로 중요하지 않게 된다네. 어떤 이론이 중요한 이유는 우리가 답을 구하려는 노력을 하면서 우리가 생각하던 수학과 실제 수학이 얼마나 다른지 그 차이점을 드러내기 때문이지. 중요한 것은 답 그 자체가 아니라 답을 구하는 방법을 아는 것이지. 누군가는 문제에 대한 답을 구해놓아야만 우리가 책 뒤에 있는 해답지를 볼 수 있으니까.

　우리가 수학을 더 깊이 탐구하면 할수록 그 영역은 넓어지지. 그렇기 때문에 앞으로 개척할 영역이 없을까 봐 불안해할 필요는 없다고 생각하네.

수학에 둘러싸여

다른 수학자들과 마찬가지로 나는 자연으로부터 영감을 얻는다네.
자연은 수학과는 전혀 관련 없는 것처럼 보이지.
나무에 계산식을 쓰지는 않으니까 말이야.
하지만 수학이 계산이라고만 생각하면 오산이네.
수학은 패턴에 관한 학문으로 왜 패턴이 생기는지에 대해서 연구하는 것이지.
자연의 패턴은 아름답고, 무한한 존재니까.

사랑하는 멕에게.

자네가 대학에 들어가면서 "흥분도 되고, 동시에 무섭기도 해요"라고 이야기한 것에 대해 충분히 공감하네. 그 두 가지 감정에 대해 자네에게 해줄 말이 있네. 자네는 경쟁도 하고, 좀 더 빠른 진도로 열심히 공부도 할 걸세. 공부 내용도 흥미로울 걸세. 몇몇 선생님을 보면서 스릴도 느낄 것이고, 무언가를 발견하는 순간 쾌감도 느끼겠지. 다른 학생들이 자네보다 앞서가는 경우에는 위기감도 느끼겠지. 학교에 들어가서 처음 6개월 동안은 자네가 어떻게 이 학교에 입학할 수 있었는지에 대해서 궁금해하겠지. 그 이후에는 몇몇 다른 학생들이 어떻게 이 학교에 들어올 수 있었는지에 대해 의문을 가질 거야.

자네가 영감을 받을 만한 이야기를 해달라고 했었지?

특별한 묘책이 있는 것은 아니라네. 그냥 어려운 과정을 이겨나가면서 그 자리를 고수하는 거지.

다른 수학자들과 마찬가지로 나는 자연으로부터 영감을 얻는다네. 자연은 수학과는 전혀 관련 없는 것처럼 보이지. 나무에 계산식을 쓰지는 않으니까 말이야. 하지만 수학이 계산이라고만 생각하면 오산이네. 수학은 패턴에 관한 학문으로 왜 패턴이 생기는지에 대해서 연구하는 것이지. 자연의 패턴은 아름답고, 무한한 존재니까.

나는 텍사스 주 휴스턴에 연구를 위해 머무르고 있네. 이곳에서 나는 그야말로 수학에 둘러싸여 있다고 할 수 있어. 휴스턴은 매우 거대하고 핫케이크처럼 평평한 도시이기도 하지. 휴스턴은 원래 습지였어. 폭풍우가 몰아칠 때면 이곳은 원래의 자연 상태로 되돌아가려고 하지. 아내와 함께 거주하는 아파트 근처에는 콘크리트로 만든 수로가 있어. 그 수로는 빗물을 여러 곳으로 보내기 위해 만든 것인데, 항상 작동하지는 않아. 몇 년 전에 근처 고속도로가 수심 90센티미터 정도 되는 물에 잠긴 적이 있어. 그때 아파트 1층도 물에 잠겼지. 하지만 도움이 될 때도 많지.

아내 에이브릴과 나는 그 수로를 따라 산책하는 것을 즐긴다네. 콘크리트로 덮인 수로가 정말 아름답다고는 할 수 없지. 하지만 주변의 도로나 주차장보다는 아름다워. 왜냐하면 다양한 종류의 야생 동물들이 살고 있기 때문이지.

야생 동물들이 서식하는 수로 주변을 걸을 때면 내가 수학에 둘러싸여 있다는 생각을 하게 된다네.

음…… 예를 들면,

수로를 가로지르는 도로가 일정한 간격으로 나 있고, 그곳에는 전화선도 지나가지. 그리고 새들은 그 전화선에 앉아 있는데 멀리서 보면 마치 악보 위에 방울이 매달려 있는 것처럼 보인다네. 새들은 전화선에 앉아 있기를 좋아하지. 왜 새들이 전화선을 좋아하는지 모르겠지만 한 가지 분명한 사실이 있다네. 만약 새들이 전선에 앉아 있다면, 같은 간격으로 앉아 있을 거야.

이는 수학적 패턴이야. 수학적으로도 설명할 수 있다고 생각하네. 물론 새들이 스스로 생각을 하고 같은 간격으로 앉는 것은 아닐 거야. 하지만 각각의 새는 각자의 공간이 있고, 만약 다른 새가 너무 가까이 다가오면, 그 새는 옆으로 옮겨가서 결국에는 자기 공간을 확보하겠지. 물론 다른 새들이 그 자리에 없다는 전제 하에서 말이야.

새들이 몇 마리밖에 없다면, 새들은 같은 간격으로 앉지 않아. 하지만 새가 많아진다면, 새들은 좁은 간격으로 앉을 수밖에 없게 되지. 새들이 각자 편안함을 위해서 자리를 옆으로 옮긴다면 '인구 압력' 때문에 같은 간격으로 앉게 되는 거야. 새는 모두 같은 종이기 때문에(전화선에 앉는 새는 주로 비둘기라네) 편안함을 느끼는 데 필요한 공간이 같지. 그렇기 때문에 결국 나중에는 같은 간격으로 앉게 되는 거야.

물론 완전히 똑같은 간격으로 앉는다는 말은 아닐세. 이는 플라톤의 이데아라고 할 수 있어.

만약 원한다면 이 문제에 대해 수학을 이용할 수도 있어. 다른 새가 다가올 경우 새들이 어떻게 움직이는지 간단한 법칙을 쓴 다음, 무작위로 돌려서 규칙을 적용해보고, 공간 구분의 변화를 지켜보는 거야. 하지만 일반적인 자연 질서에 기반을 둔 유추법이 있는데, 그러한 유추법은 우리가 예상하는 바를 말해주지.

이것이 '새 결정체'라네.

새가 같은 간격으로 앉게 되는 일련의 과정은 고체에서 원자가 반복적인 모양을 형성하며 줄을 짓는 일련의 과정과 같다고 할 수 있지. 원자도 개인적인 공간을 가지고 있어. 원자는 서로 간격이 너무 가까우면 밀어내거든. 고체에서 원자는 빡빡하게 배치되어 있지. 원자들은 각자 자기 개인의 공간을 조율하면서, 아주 고상한 결정 모양으로 정렬되어 있어.

새의 격자무늬는 1차원적인 것이지. 왜냐하면 새는 전화선에 앉아 있으니까. 1차원적인 문양은 같은 간격의 점으로 구성되어 있지. 새가 몇 마리밖에 없을 때는 무질서하게 정렬되어 있고, 수의 압력을 받지 않지. 그건 결정체가 아니라 기체와 같은 것이야.

이건 그냥 애매모호한 유추가 아니라네. 항상 일정한 소금 결정 혹은 방해석 결정을 만들어내는 이치와 똑같은 수학적인 일련의 과정에서 자신들만의 '새 결정체'를 만들어낸 거야.

수로에서 찾을 수 있는 것은 수학만이 아니라네.

많은 사람들이 그 길을 따라서 강아지와 산책을 하지. 산책하고 있는 강아지를 보면, 강아지가 얼마나 리듬을 타면서 움직이는지 알 수 있어. 나무나 다른 강아지의 냄새를 맡기 위해 멈춰 섰을 때 강아지가 리듬을 탄다고는 할 수 없네. 강아지는 아무 생각 없이 거닐 때 리듬을 타게 되지. 꼬리를 흔들며, 혓바닥을 굴리며, 아무 생각 없이 걸으면서 춤을 추는 거야.

발은 어떤 역할을 하지?

강아지가 걸을 때, 특징적인 패턴이 있지. 왼쪽 뒷발. 왼쪽 앞발, 오른쪽 뒷발, 오른쪽 앞발. 동일한 시간 간격으로 각 발이 땅에 닿지. 마치 음표처럼 말이야.

만약 강아지가 좀 더 빠르게 걸으면 걸음걸이도 빠르게 변하지. 왼쪽 뒷발, 오른쪽 앞발이 서로 짝을 이루는데, 이 짝을 이루는 발이 서로 동시에 땅에 닿게 되지. 그렇기 때문에 발이 네 개지만 두 개씩 짝을 이루어 두 번 땅을 디디게 되는 거야.

강아지한테서도 수학을 발견할 수 있다네. 이 문제는 ‘보행 분석’이라고 하는데 의학에도 응용되고 있어. 다리를 잘 움직이지 못하는 사람들, 특히 어린아기나 노인들의 경우에 말이야. 강아지들이 어떻게 움직이는지 분석을 하면, 사람들이 다리를 쓰지 못하는 문제의 본질을 밝혀낼 수 있고, 궁극적으로는 치료법을 찾는 데 도움이 되는 거지.

또 하나는 로봇 공학에 응용될 수도 있다는 거야. 원자력발전소 안, 육군 사격연습장, 화성 표면과 같은 지역은 바퀴 달린 로봇이 잘 다닐 수 없는 지역인데, 그런 지역을 걸을 수 있도록 하는 것이지. 다리가 있는 물체를 잘 이해하면, 낡은 발전소를 분해할 수 있고, 불발탄이나 지뢰를 찾아낼 수 있고, 먼 행성을 탐사하는 믿을 만한 로봇을 만들 수 있지.

지금 우리는 화성 탐사선에서 바퀴를 단 이동차를 사용하고 있다네. 하지만 바퀴 달린 탐사선은 이동할 수 있는 범위가 제한되어 있어. 원자력발전소를 해체하는 일 역시 현재로선 불가능하지. 하지만 미 육군은 이미 걸어다니는 로봇을 사용해서 사격연습장을 청소하는 일을 어느 정도 하고 있지. 만약 우리가 다리를 재발명하게 된다면, 모든 것이 바뀔 거야.

커다란 부리와 딱딱한 근육을 가진 해오라기가 경계 태세를 취하면서 얕은 물에서 메기를 사냥하는 광경을 종종 본다. 이 해오라기와 메기는 생태계의 축소판인 포식자-먹이 관계를 형성하지. 생태학이 수학과 관계가 있다는 것은 '피사의 레오나르도 다 빈치'라고 불리는 피보나치가 1202년 자신의 책에서 토끼의 성장에 관한 간단한 모델을 제시하면서 드러났지. 정확히 말하면 그 책은 오늘날 10진법 수체계의 선조라고 할 수 있는 힌두·아랍 숫자 체계에 관한 것이었어. 토끼 모델은 그냥 산수를 설명하기 위한 연습 문제였지. 다른 연습 문제들은 대부분 통화 거래에 관한 것으로 정말 실용적인 책이었어.

좀 더 심오한 생태학적 모델은 1920년대에 이탈리아 수학자 비토 볼테라가 아드리아 해의 어부가 관찰한 흥미로운 효과에 대해 연구하면서 만들어졌다네. 제1차 세계대전이 진행되는 동안 고기 잡이는 줄어들었지. 그런데 식용 물고기의 숫자는 증가하지 않았지만 상어와 가오리 숫자는 늘어났어.

고기잡이가 줄었는데, 왜 먹이보다 포식자가 더 혜택을 받게 되었는지에 대해 볼테라는 궁금해했다네. 왜 그런지 이유를 밝혀내기 위해 그는 상어와 식용 물고기 수, 그리고 그들 사이의 상호작용을 바탕으로 수학 모델을 고안해냈지. 그는 물고기가 현재 상태에 그냥 머물러 있기보다는 반복적인 사이클을 가진다는 사실을 발견했어. 물고기의 수가 증가했다가 감소하고 다시 증가하는 패턴을 반복하는 거야. 식용 물고기의 수가 최고치에 이르면 바로 상어 수가 최고치를 기록하게 되는 거지.

왜 그런지 이해하기 위해 계산할 필요는 없어. 상어 수가 보통일 때, 식용 물고기는 잡아먹히는 수보다 번식하는 수가 더 많아지지. 식용 물고기 수가 가파르게 증가하면 상어 먹이가 많아져서 상어 수가 늘어나게 되지. 하지만 상어는 번식 속도가 느리기 때문에 수가 가파르게 증가하지는 않아. 상어 수가 늘어나면 식용 물고기를 더 많이 잡아먹게 되고, 상어 수가 너무 많아져서 식용 물고기가 줄어들면 상어 수 줄어들고, 그러면 식용 물고기는 다시 늘어나고…… 뭐 이런 식으로 반복되는 거지.

수학적으로 보면, 이 문제는 더욱 분명하게 드러나지(이 모델에서 사용한 가정 하에서). 수학을 이용하면 완전한 사이클을 거치면서 평균적으로 개체 수가 어떻게 변하는지 알 수 있어. 언어로 진술하는 것보다 더욱 실감나게 보여주지.

내가 이제까지 말한 예시들은 모두 '고등' 수학과 관련 있네. 하지만 기본적인 수학으로도 많은 것을 알 수 있지. 나는 언젠가 수학자가 아닌 사람들이 방을 나간 후에 수학자들이 서로 주고받은 이야기들을 기억하고 있다네.

유명 대학의 한 수학 교수가 새로 지은 강당을 둘러보러 갔지. 거기 도착했을 때 학장이 천장을 바라보면서 혼자 중얼거리는 모습을 보았어. "45, 46, 47……." 그 말이 무슨 뜻인지 알고 싶어 물어보니 학장은 "빛을 세고 있는 중입니다."라고 답했지. 수학자가 위를 보니 빛의 배열이 직사각형 모양이였어. 그래서 이렇게 말했지. "간단하네요. 이쪽에서 보면 12개, 저쪽에서 보면 8개. 12가 8개니까 96개." 그러자 학장은 못 참겠다는 듯이 말했지. "아니, 내가 원하는 건 정확한 개수입니다."

수를 세는 것과 같은 단순한 일도 우리 수학자들은 다른 사람들과는 다른 시각으로 세상을 바라보고 있다네.

수학자들이 생각하는 방법

이쯤 되면 문제에 대한 생각은 잠시 접어두고, 다른 일을 하는 것이 더 좋지.
정원을 손질하거나, 강의 원고를 쓰거나, 다른 문제를 푸는 등,
그 문제에 대한 생각을 잠시 멈추는 거야. 이렇게 해도 우리의 잠재의식은
그 문제를 생각하면서, 무엇이 혼란스럽게 하는지를 찾으려고 노력하고 있지.
만약 잠재의식이 문제를 해결하는 데 성공한다면, 자신도 모르게 깨달음을 얻고
결론에 도달하게 되는 거야. 이것이 바로 "아하!"라고 외치는 순간이지.

사랑하는 멕에게.

자네는 정말 운이 좋은 학생이네. 뉴턴, 라이프니츠, 푸리에
와 같은 사람들에 대한 이야기를 들었다니. 1학년 때 수학 선생님
은 수학의 역사에 대해 잘 알고 있는 분인 것 같네. 그리고 자네가
"그 사람들은 어떻게 이런 것들을 생각할 수 있었죠?"라고 질문
했다면, 그때 자네 스승은 미적분학을 단지 요한계시록으로 여겼
던 것이 아니라(사실 너무 많은 사람들이 신의 계시록으로 생각하지)
실제 사람들이 풀어야 하는 실질적인 문제로 생각하며 가르쳤다
는 뜻이지.

하지만 "그 사람들은 천재였지"라는 대답만으로는 충분치 않다

는 자네의 말도 옳다네. 좀 더 자세히 살펴볼까? 자네 질문을 일 반화해보면 '수학자들은 어떻게 생각할까?'가 되겠지.

교과서를 보면서 자네는 아마도 모든 수학적 사고는 기호에 의 한 것이라는 결론을 내렸을지도 모르네. 수학 용어란 각종 기호를 분류하고, 그 기호가 어떤 것을 의미하는지 설명하는 말이지. 하 지만 설명의 핵심은 기호에 의한 것이지. 수학 중 일부 영역에서 그림을 사용하기도 하지만, 이런 그림은 직관으로 이어지는 안내 역할을 하거나 계산의 결과를 시각적으로 보여주기 위해 사용된 것이지.

수학의 창조성에 관한 아주 훌륭한 책이 있다네. 자크 아다마르 가 쓴 『수학에서 발명의 심리학The Psychology of Invention in the Mathematical Field』이라 는 책인데 아주 훌륭하지. 1945년에 처음 출판되었는데 지금도 구 할 수 있다네. 자네가 이 책을 한번 읽어봤으면 좋겠네.

아다마르는 이 책에서 두 가지를 강조했지.

첫 번째는 대부분의 수학적인 생각이 처음에는 모호한 시각적 이미지로 시작해서 나중에는 기호로 정형화된다는 것이지. 아다 마르는 수학자의 90퍼센트가 그런 식으로 생각한다고 말했지. 그 리고 나머지 10퍼센트는 기호에만 집착한다고 말이야.

두 번째는 수학의 아이디어는 세 단계를 거쳐서 만들어지는 것 처럼 보인다는 거야.

우선, 문제를 이해하려고 노력하고, 문제에 접근하는 방법을 탐 구하고, 일반적인 특징을 찾아낼 수 있을 것이라는 기대 하에 많은 예를 검토하는 등 문제에 대해 많은 작업을 수행하는 것이 필요해. 전형적으로 수학자들은 이 첫 번째 단계에서 문제의 실질적인 어려움이 드러나게 되어 의욕을 상실하게 되지.

이쯤 되면 문제에 대한 생각은 잠시 접어두고, 다른 일을 하는 것이 더 좋지. 정원을 손질하거나, 강의 원고를 쓰거나, 다른 문제를 푸는 등, 그 문제에 대한 생각을 잠시 멈추는 거야. 이렇게 해도 우리의 잠재의식은 그 문제를 생각하면서, 무엇이 혼란스럽게 하는지를 찾으려고 노력하고 있지. 만약 잠재의식이 문제를 해결하는 데 성공한다면, 자신도 모르게 깨달음을 얻고 결론에 도달하게 되는 거야. 이것이 바로 "아하!"라고 외치는 순간이지. 만화에서 보듯, 머리 위에 반짝이는 전구가 떠오르는 순간 말이야.

마지막으로 모든 것을 정형화해서 기록하고, 세세한 부분을 체크하고, 다른 수학자들이 읽을 수 있도록 정리를 하는 단계가 있네. 과학 출판물들(교과서 등)은 전형적으로 '깨달음'의 순간을 삭제하고, 그냥 이성적인 결론만 기록하려는 관행이 있지.

위대한 수학자 중에도 내가 제일 좋아하는 앙리 푸앵카레는 자신의 사고 과정을 잘 파악하여, 그 과정에 대해 심리학자들에게 강의를 했지. 그는 첫 번째 단계를 "준비", 두 번째 단계를 깨달음을 통한 "성장", 마지막 단계를 "증명"이라고 불렀어. 그는 특히 잠재의식의 역할을 강조했지. 〈수학적 창조〉라는 그의 유명한 에세이를 잠깐 인용해보려고 하네.

지난 15일 동안 나는, 내가 명명했던 푸크스 함수와 같은 함수는 존재하지 않음을 증명하기 위해 노력했다. 그때 나는 매우 무지했던 것 같다. 매일매일 책상에 앉아 한두 시간 동안 꼬박 몇 개의 숫자 조합을 가지고 풀어보려 노력했지만 허사였다.

어느 저녁, 보통 때와는 다르게 나는 아메리카노 커피 한 잔을 마시고 잠을 잘 수가 없었다. 그때 아이디어들이 막 떠오르기 시작했다. 나는 그런 생각들이 서로 충돌하면서 연결되고 있다는 것을 느꼈고, 마침내 안정적인 조합을 만들어내고 있다고 생각했다. 다음 날 아침, 나는 초기하분포* 시리즈에서 나온 푸크스 함수 군의 존재를 입증했다. 그리고 그런 아이디어들을 정리해서 적는 데 불과 몇 시간밖에 걸리지 않았다.

이것이 바로 푸앵카레가 말한 "잠재의식 상태에서 문제를 생각하는 단계"라네.

나 역시 푸앵카레의 3단계 모델을 최근에 경험한 적이 있지. 물론 나의 잠재의식 속을 들여다보지는 못했지만 말이야. 몇 년 전 나는 오랫동안 나를 도와준 마티 골루비츠키와 함께 네트워크의 역학에 대해 연구했다네. 내가 말하는 네트워크란 서로 쌍을 이루면서 다른 사람의 행동에 영향을 미치는 역동적인 시스템 구성을 의미하지.

시스템은 그 자체로 네트워크의 꼭짓점이야. 네트워크를 덩어리라고 생각해보게. 각 꼭짓점들은 화살표로 연결되어 있지. 이때

꼬리 쪽에 있는 꼭짓점이 머리 쪽에 있는 꼭짓점에 영향을 미치고 있다는 뜻이지. 예를 들어 각 꼭짓점이 유기체 안의 신경세포라면 화살표는 한 세포에서 다른 세포로 전달되는 신호를 연결해주는 셈이지.

마티와 나는 네트워크의 두 가지 측면에 대해 특별한 관심을 가지고 있었지. 하나는 동시성이고 다른 하나는 위상 관계야.

두 꼭짓점이 나타내는 시스템이 같은 시간에 정확하게 같은 일을 수행한다면, 그 두 꼭짓점은 동시성이 있다고 할 수 있지. 앞에서 말했던, 경쾌하게 걸어가는 강아지는 대각선 방향으로 동시성을 갖는 거야. 왼쪽 앞발이 땅에 닿는 동시에 오른쪽 뒷발이 땅에 닿으니까.

위상 관계도 동시성과 비슷하지만, 다른 점은 시간차가 존재한다는 거야. 강아지의 오른쪽 앞발은 왼쪽 앞발이 먼저 땅에 닿은 뒤에 바로 땅을 디디게 되지. 이것이 바로 반감기 위상편이라는 것이지.

우리는 동시성과 위상편이가 대칭형 네트워크에서는 공통적임을 알고 있었지. 사실, 우리는 네발 달린 동물에게 모두 적용되는 표준에 관한 그럴듯한 대칭성 네트워크에 대한 연구를 하고 있었어. 대칭성이 동시성이나 혹은 위상편이가 발생할 때에 꼭 필요하다는 것을 일종의 전제로 했던 거지.

그런데 마티의 학생인 마르쿠스 피바토가 대칭성 없이도 동시성과 위상편이가 가능한 흥미로운 네트워크를 고안해냈어. 그 네트워크는 16개의 꼭짓점으로 구성되어 있었고, 그 꼭짓점은 동시성을 갖춘 4개씩의 덩어리를 이루고 있었지. 그리고 각 덩어리는 서로 1/4주기씩 상이동을 하는 간격을 보였지. 그 네트워크는 처음에 보기에는 대칭 같았지만, 자세히 들여다보면 완전한 대칭은 아니라는 사실을 알 수 있어.

마티와 나에게 마르쿠스의 예시는 정말 말도 안 되는 것이었지.

하지만 마르쿠스의 계산이 정확하다는 것에는 의문의 여지가 없었어. 우리가 확인해봤지만 역시 정확했지. 하지만 우리는 어떻게 그 식이 들어맞는지 이해할 수 없었기 때문에 찝찝했어. 우연이기는 하지만, 우리가 성립하지 않는다고 생각했던 것이 실제로 발생한 거야.

마티와 마르쿠스가 다른 주제를 가지고 연구할 때 나는 마르쿠스의 예시를 계속 생각하고 있었지. 회의와 강연 때문에 폴란드에 갔을 때, 일주일 내내 노트에 그 네트워크를 끄적였지. 바르샤바에서 크라코프로 가는 기차 안에서 그 네트워크를 그려보았고 이틀 뒤 돌아오는 길에서도 그 네트워크를 그렸지. 그러다가 해결의 실마리를 찾은 것처럼 느꼈지만, 그것이 무엇인지 정확하게 적어 내려갈 수는 없었어.

지치고 싫증 난 나는 그 문제를 그만 생각하기로 하고 네트워크를 그린 종이를 서류함에 넣은 후 다른 문제에 집중했지. 그런데 어느 날 아침 이상한 기분을 느꼈어. 서류함으로 가서 내가 그때 그린 네트워크를 다시 꺼내보았지. 몇 분 후에 나는 내가 원하던 네트워크가 공통점을 가지고 있다는 사실을 발견했어. 그 공통점은 내가 그림에만 집중했을 때는 미처 발견하지 못한 것이었지.

그 순간 나는 퍼즐의 답이 무엇인지 알 수 있었어. 그리고 기호로 그것의 의미를 적을 수 있었지. 그것은 정말 명쾌하고 정확하고 간단한 것이었어.

생물학 전공자인 내 친구 잭 코언이 항상 말하듯이, 이런 종류의 지식을 다루는 데 있어서 문제점은 오류를 범하면서도 마치 잘하고 있다고 확신을 갖는 거야. 증명을 대체할 수 있는 것은 없지. 하지만 지금 나는 어떤 것을 증명하는지 알고, 왜 그것이 참인지에 대해서도 알고 있기 때문에 마지막 단계를 뛰어넘는 데 그리 오래 걸리지 않을 것임을 알게 되었어. 이제까지 알쏭달쏭했던 그림들을 어떻게 증명해야 하는지 명확해지는 순간이었지. 그것이 필요하다는 것을 증명하는 것은 까다로웠지만 그렇게 어렵지는 않았어. 물론 여러 가지 난제가 있기는 했지만, 두 번째, 세 번째 문제도 모두 풀어냈지.

마침내 문제를 푼 거야.

푸앵카레의 설명도 이런 설명에 꼭 들어맞기 때문에 이야기를 너무 과장하지 않았나 걱정을 했지. 하지만 내가 자네에게 말한 내용만은 확실히 사실이라네.

그렇다면 가장 핵심적인 통찰력은 무엇이었을까? 나는 바르샤바에서 크라코프를 오가는 기차 안에서 적은 노트를 살펴보았지. 거기에는 색칠된 꼭짓점으로 구성된 네트워크가 있었지. 빨간색,

파란색, 초록색…… 어떤 순간에 나는 꼭짓점의 색을 정해서 동시성이 있는 꼭짓점은 같은 색을 갖도록 정해놓은 거야. 그 색깔을 사용해서 네트워크 안에 숨겨진 규칙성을 찾아낼 수가 있었지. 그리고 마르쿠스는 이러한 규칙성을 이용해서 예제를 제시했던 거지. 그 규칙적인 패턴은 수학자들에게는 대칭적인 것이 아닌 것처럼 보였지. 하지만 대칭과 비슷한 효과를 가지고 있었던 거야.

내가 왜 네트워크 꼭짓점에 색칠을 했는지 궁금한가? 색칠을 하면 패턴을 찾아내기 쉽기 때문이지. 나는 수십 개의 네트워크에 색깔을 칠했고 그 색깔들이 무엇을 말하고자 하는지 눈치 채지 못했지. 답이 바로 눈앞에 보이는데도 말이야. 하지만 내가 그 문제를 잠시 접어둔 뒤에 내 잠재의식은 그 문제를 생각하고 있었던 거야.

이러한 통찰력을 실제로 수학적으로 형식화하는 데는 일주일에서 이주일 정도 걸렸지. 하지만 색깔을 칠하여 사고를 시각화하는 작업을 먼저 했고, 내 잠재의식은 그런 문제들과 씨름을 계속하면서 그 다음 답을 깨달은 거야. 그제서야 비로소 나는 기호를 사용해서 생각을 하기 시작했지.

할 이야기가 더 많이 남아 있다네. 형식적인 시스템을 일단 선별하고 난 뒤 나는 더 심오한 것이 있다는 것을 알아차렸지. 내가 색을 칠한 부분들이 자연스럽게 대수 구조를 형성하고 있었어. 우리가 이전에 대칭 시스템을 연구했을 때 처음부터 비슷한 구조들을 놓고 시작했지. 왜냐하면 모든 수학자들은 대칭을 어떻게 정형화해야 하는지 알고 있으니까. 관련된 개념을 우리는 군^{君, group}이라고 부르지. 하지만 마르쿠스의 네트워크는 대칭성을 가지고 있지 않았어. 그렇기 때문에 군 개념이 적용되지 않았지. 내가 색칠한 다이어그램에서 대칭 군을 대신한 자연 대수 구조는 잘 알려지지 않은 '아군*'이라는 개념이지.

순수수학자들은 수년간 아군에 대한 연구를 수행하고 있었어. 물론 개인적인 이유에서 말이야. 나는 갑자기 이런 심오한 구조가 역동적 시스템의 네트워크에서 동시성과 위상편이에 긴밀한 연관성이 있음을 깨닫게 되었어. 내가 이제까지 연구했던 그 어떤 주제보다 훌륭한 주제로 순수수학을 응용수학으로 전환케 하는 신비로운 과정이었네.

일단 자네가 문제를 이해하기 시작하면, 그 문제의 다양한 측면들이 갑자기 단순하게 느껴진다네. 수학자들은 이렇게 이야기하지. 지구상에 존재하는 모든 것들은 불가능하거나 혹은 사소한 것이라고. 그 후 우리는 마르쿠스의 것보다 더 단순한 예시들을 많이 찾아낼 수 있었어. 가장 단순한 구조는 두 개의 꼭짓점과 두 개의 화살로 이루어진 것이었지.

연구란 끝없는 활동이라네. 그리고 나는 수학의 발명, 발견의 과정을 이해하기 위해서는 아다마르*나 푸앵카레*를 넘어 더 많이 알아야 한다고 생각하네.

그들의 3단계 이론은 '발명 단계' 혹은 '이해의 발전'에도 적용되지. 연구 과제를 풀어나가는 데 있어서 그 단계를 모두 거쳐야 하니까.

　사실 모든 단계는 하부 단계로 세분화되네. 그리고 이 하부 단계도 마찬가지로 더 잘게 쪼갤 수 있어. 3단계 과정이 하나가 아닌 여러 개가 겹치면서 복잡한 구조가 되는 거야. 아다마르와 푸앵카레는 수학적 사고의 기본적인 기술을 설명했지만, 연구라는 것은 전략 전쟁이라고 할 수 있지. 수학자의 전략이란 갖가지 전술을 여러 번 다른 방법으로 적용하는 것을 의미하지.

　어떻게 전략가가 되는 법을 배우느냐고? 장군이 쓴 전략책에서 배운다네. 공부를 하고, 과거와 현재의 위대한 사람들로부터 전술과 전략을 배우게나. 관찰하고 분석하고 학습하고 내면화하는 것이지. 멕, 그러면 자네도 훌륭한 사람이 된다네. 다른 수학자들이 자네한테 배울 날도 있겠지.

수학을 어떻게 배울까?

수학 교과서를 읽는 방법이 있어.
재미있는 문제가 나올 때까지 수학책을 쭉 훑어보는 거야.
그리고 그 문제를 다시 보는 거지. 모두에게 이 방법을 강요하는 것은 아니지만,
나는 그저 수학책을 1쪽부터 250쪽까지 차례대로 볼 필요가 없다는 것을
보여주고 싶을 뿐이네. 주어진 교과서만 읽지는 말게.
책값이 비싸다면 대학 도서관이 있지 않은가. 같은 주제 혹은 비슷한 주제의 책을 찾아
읽어보게. 너무 어렵거나 지루한 내용은 건너뛰고 읽는 거지.
관심이 가는 내용만 골라서 읽게나. 그렇게 책을 읽으면 다음 주, 혹은 다음 해에
유용하게 써먹을 수 있는 내용들을 접할 수 있을 걸세.

사랑하는 멕에게.

지금쯤, 자네는 대학교에서 수학을 가르치는 수준이 너무나 극심한 편차를 이룬다는 것을 알았을 것이네. 사실 교수와 조교들은 가르치는 능력에 따라서 고용되거나 승진되지 않기 때문이지. 교수와 조교들은 연구 활동을 위해 학교에 있다네. 학생들을 가르치는 일도 꼭 필요하고 중요한 일이지만, 사실 그들에게 강의는 부차적인 것이라네. 자네를 가르치는 교수님들 중 상당수는 아주 성심성의껏 학생들을 지도하고 가르칠 것일세. 하지만 어떤 교수

님들은 학생들을 가르치는 일에 흥미가 별로 없을지도 몰라. 자네는 강의실에서는 자신의 재능을 다 보여주지 못하는 교수들로부터도 많은 것을 배울 수 있는 방안을 찾아내야 하네.

나는 시간을 정지시키는 방법을 발견한 사람(내가 생각하기에)의 강의를 들은 적이 있네. 내 친구는 그런 이론에 동의하지 않았지만, 학생들을 잠들게 하는 그 교수의 힘은 군사용으로도 충분히 쓰일 수 있다고 생각했어.

수학을 가르치는 문제에 대한 상당수의 글들을 보면 학생들이 겪는 어려움들은 모두 교사들 때문이라는 인상을 주고 있어. 그리고 학생들의 어려움을 해결해주는 것이 교사의 의무라고 생각하는 것 같아. 물론, 그것이 수학 교사들의 의무 중 하나이기는 하지만, 분명 학생들에게도 책임이 있어. 학생으로서 자네는 어떻게 수학을 배워야 하는지 이해할 필요가 있네.

다른 과목과 마찬가지로 수학 수업은 인공적인 것이지.

세상은 정말 복잡하고 뒤죽박죽이지. 아직 모르는 부분도 있고 말이야. 선생님의 역할은 이런 혼란 속에서 질서를 부여하고 복잡한 일들을 일관성 있게 정리하는 것이지. 그렇기 때문에 자네가 강의를 듣게 되면, 그 강의는 세부적인 방법과 과정으로 나뉘어 있을 거야. 그리고 각 코스는 아주 정교하게 만들어진 교육과정과 교과서로 구성되어 있지. 어떤 경우에, 예를 들면 미국 공립학교의 경우에 교육과정에는 교과서가 몇 쪽인지, 어떤 문제를 언제 풀어야 하는지도 명시해놓는다네. 어떤 국가에서는 고학년 수업인 경우 선생님이 강의 노트를 준비해서 교과서 대신 그것으로 학습하기도 한다네.

이미 정해진 주제에 따라 강의가 진행되기 때문에 한 번에 한 단계씩 밟아나가야 하지. 그렇기 때문에 학생들은 이것이 수학을 공부하는 방법이라고 생각하기 쉽지. 책을 통해서 체계적으로 학습하는 것도 나쁘지는 않아. 하지만 공부하다 막히면 다른 방법을 쓸 수도 있다네.

많은 학생들은 어려운 문제에 봉착했을 때 포기해야 한다고 생각하지. 뒤로 돌아가서 도서관에서건, 마음속으로건 해결의 실마리가 보일 때까지 문제를 반복해서 읽어야 해.

이건 정말 중요한 것이라네. 나는 항상 학생들에게 어려운 문제에 봉착했을 때는 몇 번이고 계속 읽어보라고 이야기한다네. 어려움에 봉착했을 때를 기억하며, 모든 것이 술술 풀릴 것이라는 기대를 버리고 계속 정진하게나. 종종, 다음 문장 혹은 다음 문단에서 해결의 실마리를 찾을 수도 있으니까.

한 가지 예를 들어보겠네. 내가 데이비드 톨과 공동으로 집필한 『수학의 기본 The Foundations of Mathematics』이라는 책에 나온 내용이지. 16쪽에 보면, 실수에 관한 설명이 나와 있지. 그 책에서 우리는 이렇게 언급했다네. "그리스인들은 이론적으로 유리수로는 측정이 불가능한 길이를 가지고 있는 선을 발견했다."

어떤 이들은 이 문제를 보자마자 포기했을 수도 있지. "측정"이라는 게 무슨 의미일까? 아직 그 정의는 내려지지 않았잖아. 이런, 인덱스에 나와 있지도 않은데. 그렇다면 그리스인들은 어떻게 이런 사실을 발견할 수 있었을까? 내가 이전 코스를 들으면서 알고 있음을 전제로 한 것인가? 이번 코스에서 배웠을까? 내가 강의를 놓쳤나? 책 앞쪽을 아무리 훑어봐도 해결책을 찾을 수 없네. 자네는 결국 어쩌면 몇 시간 동안 고민해도 아무 해답을 얻지 못할 수도 있다네.

계속해서 읽게나. 다음 몇 문장을 더 읽으면 피타고라스의 정리를 이용해서 길이가 $\sqrt{2}$인 선을 만들 수 있고, $(m/n)^2=2$를 만족시키는 유리수 m/n이 없다는 사실을 알게 된다네. 그러면 이 문제는 증명된 거지. 이 문제는 모든 정수는 오직 한 가지 방법으로만 소인수로 분해될 수 있다는 사실을 이용해서 증명한 거야. 결과는 "어떠한 유리수도 제곱근 2를 가질 수 없고 그렇기 때문에 주어진 삼각형의 빗변의 길이는 결코 유리수가 될 수 없다"라고 요약할 수 있어. 자네는 '$\sqrt{2}$가 유리수가 아니다' 라는 사실이 '어떠한 유리수도 제곱하여 2가 되지 않는다' 라는 것과 같음을 알아차려야 하지.

이로써 수수께끼가 풀린 거라네.

만약에 이렇게 해도 문제가 해결되지 않으면, 그때는 선생님이나 교수님에게 달려가서 도움을 청하게. 혼자서 문제를 해결하려고 노력하는 동안 자네는 나름대로 생각을 하게 되었고, 그렇기 때문에 선생님의 설명을 더 쉽게 알아들을 수 있다네. 이것은 푸앵카레가 언급한, 연구의 '초기' 단계와 같다네. 좋은 날씨 이후에 바람이 불다가 마침내 불이 번쩍하는 거지.

또 하나의 가능성이 있다네. 이것은 선생님의 도움이 꼭 필요한 것이야. 그렇다 해도 기초 작업은 스스로 할 수 있다네. 수학 문제를 풀다가 어려움에 부딪힐 때, 그 이유는 다른 수학 개념을 몰라서인 경우가 대부분이라네. 왜냐하면 이전의 수학 개념을 이미 이해한다는 가정하에서 문제를 냈기 때문이야. 거꾸로 뒤집어진 피라미드식의 수학 지식을 한번 생각해보게. 자네는 유리수가 뭔지 잊어버렸을 수도 있고, 피타고라스의 정리를 까먹었을 수도 있지. 혹은 제곱근이 제곱수와 어떤 관계가 있는지 기억 안 날 수도 있어. 혹은 소인수분해가 왜 중요한지 잊어버렸을 수도 있어. 그렇다면 자네는 $\sqrt{2}$는 유리수가 아니라는 명제의 증명을 이해하는 데 도움을 받을 필요는 없지. 그냥 유리수, 소인수, 기초 기하학에 대해 설명만 한 번 더 들으면 되는 거야.

그렇게 되면, 자네의 사고 과정에 확실한 통찰력이 생기고, 또한 분명한 철학이 생겨서 무엇을 이해 못 했는지 정확하게 집어내고, 그것이 지금 풀지 못하는 문제와 어떤 관계가 있는지 이해하게 되지. 선생님은 이런 것을 알고 있을 거고, 지켜볼 거야. 하지만 할 수 있다면 혼자서 문제를 해결하는 게 가장 좋다네.

요약을 한번 해봄세. 만약 자네가 어려운 문제에 봉착했다는 생각이 들면, 일단 문제를 계속 읽어보게. 해결의 실마리를 찾을 수 있다는 생각으로 말이지. 하지만 그래도 답이 나오지 않으면, 어떤 부분이 걸리는지 생각해보게. 그 문제로 다시 돌아가서 무언가를 이해할 때까지 계속 탐구해보게. 그러고 나서 다시 그 다음 문장을 읽는 거지.

이런 과정은 미로를 푸는 데도 이용되네. 컴퓨터 과학자들은 미로를 "심층 탐구"라고 부르지. 가능하다면 미로의 가장 깊숙한 곳으로 들어가는 거야. 길을 잃으면, 애초에 길이 갈라지는 지점으로 다시 돌아가서 시작하는 거지. 이런 알고리즘은 자네가 어떤 미로라도 안전하게 빠져나올 수 있도록 해주지. 이것을 학습에도 적용한다면 100퍼센트 장담할 수 없지만 분명 아주 좋은 전략이될 거라고 생각하네.

내가 학생이었을 때 아주 어려운 문제를 풀면서 이런 방법을 적용했었지. 수학 교과서를 읽는 방법이 있어. 재미있는 문제가 나올 때까지 수학책을 쭉 훑어보는 거야. 그리고 그 문제를 다시 보는 거지. 모두에게 이 방법을 강요하는 것은 아니지만, 나는 그저 수학책을 1쪽부터 250쪽까지 차례대로 볼 필요가 없다는 것을 보여주고 싶을 뿐이네.

또 하나 유용한 방법을 알려주지. 마치 엄청난 노력을 해야 하는 것처럼 들리지만, 사실 그만한 가치가 있다고 말하고 싶네.

관련된 것들을 많이 읽는 거야.

주어진 교과서만 읽지는 말게. 책값이 비싸다면 대학 도서관이 있지 않은가. 같은 주제 혹은 비슷한 주제의 책을 찾아 읽어보게. 너무 어렵거나 지루한 내용은 건너뛰고 읽는 거지. 관심이 가는 내용만 골라서 읽게나. 그렇게 책을 읽으면 다음 주, 혹은 다음 해에 유용하게 써먹을 수 있는 내용들을 접할 수 있을 걸세.

　수학을 공부하러 케임브리지로 떠나기 전 여름, 나는 이런 식으로 수십 권의 책을 읽었지. 그중에는 벡터에 관한 책도 있었어. 그 책의 저자는 벡터를 방향과 크기를 갖는 양이라고 정의했지. 그 당시에 나는 그 내용을 거의 이해할 수 없었지만, 그 고상한 공식과 많은 화살표로 이루어진 간단한 다이어그램을 좋아했다네. 나는 그 내용을 한 번 이상 읽었지. 그러고는 잊어버렸네. 나중에 벡터에 관해서 배울 때, 내가 읽었던 내용이 갑자기 떠올랐지. 나는 그제야 책의 저자가 말하고자 하는 내용을 이해했고, 벡터에 관한 강의를 듣기 전에 많은 내용을 이해할 수 있었지. 모든 공식이 분명해 보였다네. 나는 그 공식이 왜 참인지도 이해하게 되었지.

　푸앵카레가 주장했듯이 잠재의식으로부터 깨어나 중간 단계에서 벡터에 관한 책을 읽었던 경험을 통해 생각이 정리된 것이지. 그리고 분명한 그림을 그려내기 전까지 몇 개의 단서가 더 필요했던 거야.

　내가 "수학에 관한 책을 읽어라"라고 말할 때 단지 기술적인 내용만을 읽으라는 뜻에서 그런 말을 하는 건 아니네. 에릭 템플 벨이 쓴 『수학을 만든 사람들Men of Mathematics』은 아주 훌륭한 책이야. 어떤 이야기는 만들어진 것이고, 여자가 등장하지 않지만 말이야.

　과거의 위대한 업적들을 살펴보게. 제임스 뉴먼의 『수학의 세계The World of Mathematics』는 4권으로 구성되어 있는데, 그 책은 과거 이집트인들의 수학에 관한 아주 멋진 이야기지. 최근에 나온 책 중에도 리만 가설*, 4색 정리*, 파이, 무한대, 수학에 미친 사람들, 인간의 뇌는 어떻게 수학적 사고를 할까, 어려운 논리, 피보나치 수열을 주제로 다룬 책들이 많다네. 응용수학에 관한 내용을 다룬 책들도 있지. 다시 톰슨의 『성장과 형태에 관하여On Growth and Form』는 생물의 수학적 패턴에 관한 책인데, 이것 역시 응용수학이라고 할 수 있지. 생물학 관점에서 보면 그 책은 DNA가 발견되기 전에 쓰였기 때문에 시대에 맞지 않는 것이라고 말할 수도 있겠지만, 전반적인 내용은 아직도 유효하지.

이런 책들은 수학이 무엇인지, 수학을 어디에 적용할 수 있는지, 인간 문화에서 수학이 어떻게 쓰이고 있는지에 대한 이해도를 높여줄 수 있을 걸세. 물론 이런 문제들이 시험에는 나오지 않겠지. 그렇지만 이런 것들을 이해하면 자네는 더욱 훌륭한 수학자가 될 수 있을 것이고, 새로운 토픽을 좀 더 자신감을 가지고 대할 수 있을 거네.

자네의 학습 능력을 더욱 향상시킬 수 있는 특별한 테크닉이 있네. 위대한 미국 수학교육자 조지 폴리아는 그의 저서 『어떻게 풀까How to slove It』에 몇 가지 문제풀이 전략을 기술해놓았다네.

그는 "수학을 완전하게 이해할 수 있는 유일한 방법은 직접 풀어보는 것"이라고 말했지. 문제와 씨름하여 해결하라는 뜻이지. 그의 생각은 옳아. 하지만 자네가 문제를 풀 때마다 어려움에 봉착하게 된다면, 이 방법을 적용하기가 힘들지. 그렇기 때문에 자네 선생님들은 문제를 잘 선별해서 기본적인 문제부터 시작해서 점점 어려운 문제로 넘어가게끔 지도하는 거야.

폴리아는 문제 해결 능력을 향상시킬 수 있는 많은 해법을 제공하고 있어. 그는 나보다 그런 방법들에 대해 잘 설명할 수 있겠지만, 나도 몇 가지 예를 들어보고자 하네.

만약 문제를 보고 너무 당황했다면, 그 문제를 간단한 형태로 생각해보게. 좋은 예를 찾아보고, 그 예시에 자네의 생각을 적용해보게. 나중에는 그 문제를 일반화시켜서 풀 수 있을 거야. 예를 들어, 자네가 소수에 관한 문제를 풀고 있다면, 7, 13, 47을 생각해보게. 그리고 결론에서부터 거꾸로 문제를 추리해보게. 결론에 이르기 위해서는 어떤 절차를 거쳐야 하지? 여러 가지 시도를 해보고 공통의 패턴을 찾아보는 거야. 만약 공통의 패턴을 찾는다면, 그 패턴이 항상 적용될 수 있다는 것을 증명하려고 노력해보게.

멕, 자네가 편지에서도 썼듯이, 고등학교와 대학교의 가장 큰 차이점은 대학교에서는 학생들을 성인으로 취급한다는 거라네.

이는, 곧 가라앉느냐 아니면 헤엄쳐나가느냐의 문제지. 통과, 실패, 혹은 다른 길 찾기 중 하나의 선택을 해야 하는 거지. 자네가 도움을 청할 곳은 많아. 하지만 고등학교 때보다는 자네가 좀 더 주도적으로 나서야 할 걸세. 어느 누구도 자네 손을 잡고서 "자네, 무슨 문제가 있는 것처럼 보이는데"라고 말해주지는 않으니까.

반면, 자기만족에 대한 보상도 훨씬 클 걸세. 자네가 고등학교에서 능력을 인정받아 월반을 했다면, 자네의 고등학교 생활은 훌

류했다고 할 수 있을 걸세. 혹은 수학과 관련한 상을 받거나 따로 수학 우등반 수업을 받았다면 그것 역시 좋았겠지. 대학에서 자네는 실제로 수학을 잘하는 학생을 찾고 있는 진짜 수학자들을 만나게 될 걸세. 그 수학자들은 언제나 훌륭한 학생들을 기다리고 있다네.

증명의 두려움

수학자들은 정직해지기 위해서 증명을 해야 한다네.
모든 인간 활동 중에서 기술적인 부분은 실제로 체크를 해봐야 하지.
그냥 어떤 것이 제대로 작동하고 있다고 설명하는 것만으로는 부족하네.
증명을 하는 것만이 발전하기 위한 중요한 과정이지.
우리는 왜 그 문제가 참인지에 대해서 알 필요가 있네.
그렇지 않다면, 우리는 아무것도 알지 못할 테니까.

사랑하는 멕,

자네가 옳았네. 고등학교 수학과 대학교 수학의 가장 큰 차이점 중 하나는 증명이라네. 고등학교에서는 방정식을 풀거나 삼각형의 넓이를 구하는 방법을 배우지. 대학교에서는 왜 이런 방법들을 적용할 수 있는지에 대해서 배우고 이에 대한 증명을 한다네. 수학자들은 '증명'에 집착하지. 그렇기 때문에 많은 사람들이 수학을 싫어한다네. 나는 그들을 증명을 무서워하는 사람들이라고 부른다네. 반대로 수학자들은 증명을 좋아하는 사람들이지.

수학 문제에서 근거가 될 만한 상황들이 얼마나 되는지에 상관없이 진정한 수학자들은 문제를 증명할 때까지 만족하지 못한다네. 모든 것을 정확히 하여 애매모호한 점들을 없애야만 수학자들은 직성이 풀리지.

거기에는 그럴 만한 이유가 있네. 증명을 하면, 그 생각이 옳다는 것을 보장할 수가 있지. 아무리 경험적인 증거가 많아도, 논리적인 증명을 대체할 수는 없다네.

증명을 살펴보고, 다른 형태의 증거와 어떤 점이 다른지 한번 보게나. 수학 테크닉과 결부해서 이를 논하고 싶지는 않네. 왜냐하면, 그렇게 하면 기본적인 생각이 흐려지기 때문이지. 내가 좋아하는 비수학적인 증명은 바로 SHIP-DOCK 정리다네. 이것은 한 글자를 바꾸면서 진행하는 게임이지. CAT, COT, COG, DOG처럼 말이야. 각 단계마다 자네는 한 글자만을 바꿀 수 가 있네. 하지만 글자를 옮길 수는 없지. 그리고 글자를 바꿔서 말이 되는 단어가 만들어져야 하지. 예를 들면 사전에 정의된 말만을 유효한 것으로 인정하는 것이지.

이 단어 퍼즐을 푸는 것은 그리 어렵지 않다네. 예를 들면,

SHIP

SHOP

SHOT

SLOT

SOOT

LOOT

LOOK

LOCK

DOCK

이 외에도 여러 가지 방법이 있지. 하지만 나는 이 문제의 해결 방법을 찾고 있는 것이 아니라네. 나는 모든 방법에 적용될 수 있는 그 무언가에 흥미를 갖고 있다네. 말하자면 어떤 단계에서는 모음을 두 개 포함하는 단어가 만들어져야 한다는 사실이지. 예를 들면 SOOT(LOOT, LOOK)처럼 말이야. 여기서 나는 정확하게 모음이 두 개라고 정의했네. 모음이 그것보다 많아서도, 적어서도 안 되지.

정확하게 하기 위해 우선, '모음'의 정의부터 명확하게 하고 넘어가도록 하지. 한 가지 까다로운 문제가 바로 Y야.

YARD에서 Y는 자음이지만 WILY에서 Y는 모음이지. 이와 마찬가지로 CWMS의 W는 모음이지만 마치 자음과 같은 역할을 하지. 'cwm'은 웨일스 언어인데, 영어와는 매우 다르기는 하지만 스코틀랜드에서는 'corrie'라는 단어를 쓰고 프랑스에서는 'cirque'라는 단어를 쓰지.

우리는 어떤 경우에는 자음으로 쓰이고, 또 어떤 경우에는 모음으로 쓰이는 경우를 주의해서 살펴봐야 해. 사실, 가장 좋은 방법은 사전을 집어던져버리고 모음과 단어에 대해 좀 더 제한적으로 정의하는 것이라네. 이번 논의를 위해서 앞으로 '모음'은 A, E, I, O, U로 정의하고 '단어'는 적어도 위에 적힌 다섯 개의 모음 중에서 반드시 하나 이상을 포함하고 있는 것이라고 정의하겠네. 또 다른 대안은 Y와 W를 항상 모음으로 취급하도록 정의하는 거지. 자음으로 쓰이는 경우라도 Y와 W를 모음으로 취급하는 거야. 이와 같은 맥락에서 우리는 하나의 알파벳이 자음과 모음 두 가지로 쓰이는 경우를 배제하는 거지.

이 문제에 대해서는 나중에 논의하도록 하겠네.

나는 지금 언어학적으로 이 문제에 접근하는 것이 아니야. 그냥 수학적인 이해를 돕기 위해서 임시로 법칙을 하나 만든 거지. 종종 수학에서 가장 좋은 방법은 모든 것을 단순하게 만드는 거야. 지금 나는 바로 그 간소화 작업을 하고 있는 거라네. 단순하게 만드는 것은 바깥 세상에서는 통하지 않지만, 모든 것을 잘 다룰 수 있도록 하기 위해 특정 영역을 제한하는 일이네. 좀 더 복잡한 분석을 이용하면 아마도 Y와 같은 특이한 알파벳을 다룰 수 있을지 모르겠지만 내가 이루고자 하는 목적에 비추어보면 너무 복잡한 것이지.

이렇게 한다면 내가 옳은가? SHIP-DOCK 퍼즐의 모든 해법이 (새롭게 정의한 개념에 따르면) 정확하게 두 개의 모음으로 된 단어를 포함하는 것이 사실일까?

이것을 알아보기 위한 한 가지 방법은 다른 해법을 한번 살펴보는 것이지. 예를 들어, 다음과 같은 해법 말이야.

SHIP

CHIP

CHOP

COOP

COOT

ROOT

ROOK

ROCK

DOCK

위의 단어 중에서 COOP, COOT, ROOT, ROOK는 모음 두 개로 이루어진 단어이네. 하지만 이렇게 많은 해법에서 두 개의 모음이 포함된다고 하여 우리의 결론이 증명되었다고는 할 수 없네. 증명이란, 의심의 여지를 하나도 남겨두지 않고 명백하게 논리적으로 참임을 주장하는 것이라네.

어느 정도 실험과 생각을 한 후에 내가 여기서 제안하고자 하는 '정리'는 분명해지기 시작하지. 자네가 모음의 위치를 어떻게 바꾸는지 더 많이 생각하면 할수록, 그 과정에서 두 개의 모음이 있다는 사실이 더욱 분명해지는 거지. 하지만 '분명하다'고 느끼는 것을 정의라고 할 수는 없지. 물론 정리에는 약간 모호한 부분이 있기도 하네. 왜냐하면, 네 글자로 이루어진 어떤 단어의 경우 3개의 모음이 있으니까. OOZE처럼 말이야.

하지만 3개의 모음으로 구성된 단어가 생성되는 동안 모음 두 개로 이루어진 단어를 거쳐 나오지 않는가? 동의하네. 하지만, 이 것도 증명은 아니지. 물론 증명을 하는 데 도움이 되기는 하겠지만 말이야. 우리가 왜 모음 두 개로 이루어진 단어를 먼저 훑어봐야 할까?

여기서 증명을 하는 좋은 방법은 바로 세부적인 것에 많은 관심을 기울이는 거라네. 모음이 어디로 가는지 주시하는 거야.

처음에, 세 번째 자리에 하나의 모음이 있었지. 그리고 마지막에 우리는 모음을 두 번째 자리에다 놓고 싶어 하지. 여기에 간단하지만 중요한 사실이 있다네. 모음은 한 단계에서 자리를 바꿀 수 없다네. 왜냐하면, 그 경우 두 개의 글자를 바꾸는 것이 되니까. 이제 이런 생각들을 논리적으로 정리하여 이것에 의존할 수 있도록 하는 거지. 여기 한 가지 증명 방법이 있네. 어느 단계에 이르면 두 번째 자리에 있는 자음이 모음으로 바뀌어야 하지. 이때 다른 모든 글자들은 바뀌지 않는 거야. 어떤 단계에서는 세 번째 자리에 있는 모음이 자음으로 바뀌어야 하지. 아마 다른 모음과 자음도 바뀌게 될 거야. 하지만, 어떤 경우든 모음이 하나의 단계에서 자리를 바꾸지 않는다는 거지.

그렇다면 단어에서 모음의 개수는 어떻게 변하게 되는 걸까?

변하지 않을 수도 있어. 모음은 한 개가 늘 수도 있고(자음이 모음으로 바뀌었을 때), 한 개가 줄 수도 있지(모음이 자음으로 바뀌었을 때). 그 외에 다른 가능성은 없지. 모음의 개수는 SHIP에서부터 DOCK까지는 하나지. 하지만 모든 단계에서 모음의 개수가

 미래의 수학자에게

하나일 수는 없어. 왜냐하면, 세 번째 자리에 있던 모음이 나중에
는 두 번째 자리로 바뀌게 될 테니까.

아이디어: 모음의 개수가 바뀌는 첫 단계에 대해 생각해보자.
처음에는 모음의 개수가 한 개여야 하지. 따라서 모음의 개수는
한 개에서 바뀌는 거야. 나올 수 있는 가능성은 한 개도 없거나 두
개인 경우밖에 없다네. 왜냐하면 개수가 하나 증가하거나 감소하
니까.

한 개도 없을 수 있을까? 절대 그렇지 않다네. 왜냐하면 모음이
한 개도 없으면 단어가 성립되지 않지. 우리가 제한적으로 정의한
바에 따르면 단어에는 모음이 꼭 있어야 해. 그렇기 때문에 그 단
어는 모음을 두 개 포함하게 되는 거지. 그럼 증명이 끝나는 거야.
우리는 문제 분석을 시작하지도 않았는데 증명이 끝난 셈이지. 자
네가 최소한의 제한점을 따라가다 보면 이런 경우가 종종 있지.
기억하게. 최소한의 제한점을 따라갔는데 아무런 결론을 얻지 못
할 경우, 상황은 재미있어진다는 사실을.

예시를 통해서 증명을 확인해보는 재미도 꽤 크지. 왜냐하면,
그런 방법으로 논리적인 오류를 찾아낼 수도 있으니까. 한번 모음
개수를 세어볼까.

SHIP   모음 한 개

SHOP   모음 한 개

SHOT   모음 한 개

SLOT   모음 한 개

SOOT   모음 두 개

LOOT   모음 두 개

LOOK   모음 두 개

LOCK   모음 한 개

DOCK   모음 한 개

증명에서는 모음의 개수가 한 개가 아닌 첫 번째 단어를 찾으라고 했고, 그 단어는 모음 두 개로 이루어진 SOOT이네. 그렇기 때문에 이 예를 통해서 증명을 확인할 수 있는 거야. 이와 더불어 모음의 개수는 사실 한 개씩 변하지. 하지만 이런 사실만 가지고는 증명이 참이라고 할 수 없지. 정확성을 입증하기 위해서 자네는 논리의 사슬을 체크해보고 그 사슬이 끊기지 않고 연결되는지 살펴보아야 하네.

여기서, 직관과 증명의 차이점을 살펴보게. 직관적으로 살펴보면 SHIP에서 모음은 새로운 다른 모음이 나타날 때까지 다른 자리로 이동할 수 없다는 것을 알 수 있지. 하지만 이런 직관만으로는 증명을 할 수가 없어. 우리가 직관을 콕 집어서 글로 표현할 수 있을 때에야 비로소 증명이 되는 거지. 그래, 모음의 개수는 변하지. 하지만 언제 변하지? 변화는 어떤 모습이어야 하지?

우리는 모음 두 개가 나타나야 한다는 사실 외에도 그것이 왜 불가피한지 알 수 있지. 그리고 우리는 공짜로 추가 정보를 얻을 수 있다네.

만약 하나의 글자가 어떤 경우에는 모음으로, 어떤 경우에는 자음으로 쓰인다면 이 증명은 불가능하지. 세 글자로 이루어진 단어의 경우를 한번 살펴볼까.

SPA

SPY

SAY

SAD

만약 Y를 SPY에서는 모음으로 간주하고 SAY에서는 자음으로 본다면, 그때 각 단어는 모음 한 개를 가지게 되지. 하지만 모음의 위치가 변하는 거야. 나는 이 문제가 SHIP이 DOCK으로 바뀐다고 해서 문제가 되지는 않는다고 생각하네. 하지만 이 문제는 사전에서 실제 단어를 분석하고 있는 것에 의존해야 하지. 실제 세계는 혼란스러워질 수 있다네.

순서를 바꿔서 혼란스럽게 만드는 낱말 퍼즐은 재미있다네. 이 퍼즐은 우리에게 증명과 논리에 대해 가르쳐주지. 그리고 우리가 실제 세계를 모델화하기 위해 수학을 사용하는 경우 종종 사용하는 이상화에 대해서도 가르쳐주지.

증명에 관한 두 가지 중요한 문제가 있다네. 첫 번째, 수학자들은 증명이란 무엇인가에 대해 고민하지만, 실제 세계에서는 우리가 왜 증명을 해야 하는가를 놓고 고민한다는 거지.

이 문제를 거꾸로 생각해보도록 하지. 지금 우선 한 가지 문제를 다루고 다음 번 편지에서 다른 문제를 다루도록 하겠네.

나는 사람들이 어떤 것에 대해 불편함을 느끼거나 혹은 그 문제를 생각하고 싶지 않을 때, 그게 왜 필요한지 질문을 한다는 것을 알고 있지. 증명을 할 수 있는 학생은 증명을 왜 해야 하는지에 대해 질문을 하지 않는다네. 사실, 물구나무서기를 하면서 아주 긴 곱셈을 암산으로 할 수 있는 학생은 왜 곱셈을 해야 하는지 질문하지 않지. 무엇이든 그것을 즐기는 사람은 그것의 가치에 대해 질문하지 않는다네. 그것을 즐긴다는 것만으로도 충분하기 때문이지. 그래서 증명이 왜 필요한지 질문하는 학생들은 아마도 증명을 이해하는 데 어려움이 있거나 혹은 자기만의 증명을 만들어내려고 하는 학생들이지. 아마도 그런 학생들은 자네가 이렇게 말하기를 바라는지도 모르지. "증명에 대해 걱정하지 말게. 증명은 쓸모없는 것이니까. 사실, 나도 증명을 교과과정에서 빼버리고 시험 문제도 출제하지 않을 거야."

아, 그건 꿈에서나 가능한 일이지.

하지만 좋은 질문인 건 사실이네. 그리고 이에 대해 아무런 답도 주지 않으면, 나는 앞에서 질문을 한 다른 학생들처럼 증명을 회피하는 꼴이 되지.

수학자들은 정직해지기 위해서 증명을 해야 한다네.

모든 인간 활동 중에서 기술적인 부분은 실제로 체크를 해봐야

하지. 그냥 어떤 것이 제대로 작동하고 있다고 설명하는 것만으로
는 부족하네. 증명을 하는 것만이 발전하기 위한 중요한 과정이
지. 우리는 왜 그 문제가 참인지에 대해서 알 필요가 있네. 그렇지
않다면, 우리는 아무것도 알지 못할 테니까.

　엔지니어들은 자신의 아이디어를 건물로 실현하고, 그것이 잘
지탱될지 혹은 무너져버릴지 확인하기 위해 검증을 하지. 그들은
다리를 일단 짓고 무너지지 않기를 바라는 것이 아니라 시뮬레이
션을 통해 이러한 일을 대신하지. 그렇게 되면, 그 문제를 물리학
이나 수학적으로 풀게 되는 거지. 물리학과 수학은 계산에서 사용
되는 법칙의 기본이고 알고리즘은 이런 규칙을 적용하는 학문이
지. 그렇다고 해도 예상치 못한 곳에서 문제가 발생할 수도 있다
네. 런던의 템스 강을 가로지르는 밀레니엄 브릿지는 컴퓨터 모델
상으로는 아주 좋아 보였지. 그 다리를 만들고 나서 사람들이 사
용하기 시작하자 흔들거리기 시작했지. 그때까지 안전했고 곧 무
너질 리도 없었지만, 그 다리를 건너는 것은 더 이상 즐거움이 아
니었다네. 컴퓨터 시뮬레이션에서는 사람들이 실제로 걸을 때 생
기는 진동을 무시하고, 사람들이 그냥 부드럽게 걷는다고 가정을
한 것이지.

　군대에서는 병사들이 다리를 건널 때, 다리를 맞춰서 건너면 안
된다는 것을 알고 있다네. 발을 맞춰서 걷게 되면 수백 명이 동시
에 걷는 경우에 진동이 대단하고, 다리에 치명적인 손상을 입힐
수도 있기 때문이지. 하지만 사람들이 걸을 때 다리에 영향을 미

칠 수 있다는 것을 아무도 생각하지 못했던 거야.

다리 위에 있는 사람들은 다리가 움직일 때 유사한 방식으로, 거의 동시에 반응하지. 바람이 불거나 해서 다리가 조금이라도 흔들리면 사람들은 거의 동시에 같은 발을 디디게 되고, 그러면 다리가 더 흔들리고, 그러면 사람들이 같은 발을 동시에 디디게 되는 과정이 반복되었던 거야. 그래서 결국 다리가 양 옆으로 흔들리게 된 거라네.

물리학자들은 실제 세계를 연구하기 위해 수학을 이용하지. 어느 면에서는 실제 세계 같지만 사실은 대부분, 실제 세계를 인공적으로 만든 것이라네. 예를 들면 고립전자쌍이나 혹은 태양계를 탐구하는 것처럼 말이야.

물리학자들은 종종 두려움 때문에 증명을 무시하기도 한다네. 또한 경험으로 충분히 가정이나 계산을 확인해볼 수 있기 때문에 굳이 증명하려고 하지 않지.

만약 직관적으로 잘 들어맞는 아이디어가 경험과 일치한다면, 그 문제를 증명하기 위해 10년, 50년, 300년 동안이나 시간을 허비할 필요는 없지. 나는 이 점에 대해 전적으로 동의하네.

예를 들면, 양자장 이론quantum field theory에는 아직 정확한 논리적 증명이 이루어지지 않았지만 소수점 이하 9자리까지 실험으로 입증되는 계산이 있다네. 이게 우연이라거나 물리적인 법칙과 관련 없는 것이라고 말한다면 멍청한 소리로 들릴 거야.

하지만 수학자들은 이 문제를 심각하게 받아들인다네. 실험으로 입증된 것을 생각할 때, 계산을 정당화할 심오한 논리를 찾으려고 시도하지 않는 것도 이상하지. 이렇게 이해하는 것 덕택에 물리학의 발전이 이루어지는 거야. 이렇게 수학은 간접적으로 물리학에 영향을 준다네. 물론 다른 종류의 물리학일지는 모르겠지만, 만약 수학 때문에 물리학이 발전한다면 그것 역시 보너스가 아닐까.

그렇기 때문에 수학이 필요한 것이라네, 멕. 물론 어떤 사람들은 여전히 증명하는 것을 싫어하겠지만 말이야.

컴퓨터가 모든 것을 풀 수 있을까?

수학적인 사실들은 서로 결합해서 논리를 따라 새로운 사실로 연결된다네.
모든 추론에는 약점이 있지. 안전하기 위해서는 취약한 부분을 모두 제거해야만 한다네.
골트바흐의 가설을 20자리의 수까지만 컴퓨터로 계산하고,
그것을 참이라고 결론짓는 것은 매우 위험한 발상이지.

사랑하는 멕,

물론 컴퓨터가 사람보다 계산을 더 빠르고 정확하게 할 수 있지. 그렇기 때문에 자네가 수학을 공부한다고 했을 때 자네 친구들이 그 가치에 대해 의문을 제기했을 수도 있어. 수학자들이 쓸모 없다고 생각하는 사람들도 있지. 하지만 나는 자네에게 그건 아니라고 자신 있게 말해주고 싶네.

컴퓨터가 수학자들을 대신할 수 있다고 생각하는 사람들은 계산과 수학을 잘 이해하지 못하는 사람들이지. 현미경이 있으니 생물학자들이 쓸모 없다고 생각하는 논리와 비슷한 거라네. 아마 그렇게 생각하는 사람들은 수학이 단순한 산수라고 보는 거겠지. 거

라네. 그리고 컴퓨터가 인간보다 더 정확하고 빠르게 계산할 수 있기 때문에 인간이 굳이 산수를 할 필요가 없다고 생각하는 거겠지. 물론 정답은 수학은 단순한 산수가 아니라는 거야.

현미경 덕분에 생물학에 새롭게 접근할 수 있게 되면서 생물학이 더 흥미로워졌지, 결코 흥미가 떨어지지는 않았다네. 이와 같은 논리가 컴퓨터와 수학에도 적용되지. 컴퓨터가 수학에 기여한 것이 있다면, 검증을 좀 더 빠르고 정확하게 할 수 있도록 도와준다는 점이야. 컴퓨터를 이용해서 우리가 짐작한 사실을 검증해보고 증명하려고 했던 것이 맞았는지 틀렸는지를 확인해볼 수 있지. 컴퓨터를 이용해 엄청난 계산을 함으로써, 가설을 증명할 수 있게 되는 것이지.

골트바흐의 추측을 예로 들어보겠네. 1742년, 아마추어 수학자인 골트바흐는 오일러에게 편지를 썼지. 골트바흐는 편지에서 자기가 아는 한 '모든 짝수는 두 소수의 합이다' 라고 주장했어. 예를 들면, $8=3+5$, $10=5+5$, $100=3+97$처럼 말이야. 골트바흐는 손으로 계산하면서 자기가 세운 가설을 검증해보았지. 하지만 컴퓨터를 이용하면 수십억 개의 수를 빠르게 계산할 수 있다네. 현재 기록은 2×10^{17}까지야.

많은 사람들이 골트바흐의 가설을 실험할 때마다 가설이 옳다는 것을 알아차렸지. 하지만 아직 그의 가설은 증명되지 않았어.

걱정을 왜 하냐고? 10억 번 정도 실험을 해서 그의 가설이 옳다고 판명되었다면, 그의 주장이 옳은 것 아니냐고?

문제는 수학자들이 정리를 이용하여 다른 정리를 증명하려고 한다는 사실이야. 하나의 거짓 명제도 전체 수학을 망치게 하는 셈이지. 실제로 우리는 거짓을 발견하면 이에 따르는 잘못된 명제를 빼버리고, 더 이상 그 이론을 사용하지 않을 거야. 예를 들면 π는 아주 성가신 숫자지. 그렇기 때문에 아예 제거하는 것이 좋을지도 몰라. π를 3으로 대체해도 실제 타격을 주지 않는다고 결정할지도 모르지. 혹은 π를 22/7이라고 간주할 수도 있어. π를 사용하는 목적이 원 둘레를 계산하기 위해서라면, 어림수로 계산한다고 해도 큰 문제가 되지는 않지.

하지만 자네가 진정 π를 3과 똑같은 수라고 생각한다면 그 여파는 자네 생각보다 훨씬 클 걸세. 너무 간소화해서 생각하다 보면 의도하지 않은 결과를 가져오기도 하지. 만약 π가 3이라면 $\pi - 3 = 0$이라는 식이 성립하지. 그리고 등호의 양쪽 모두 $\pi - 3$으로 나눈다면 결과는 $1 = 0$이지. 이 등식에 우리가 생각할 수 있는 숫자 중 아무거나 곱하면 '모든 수는 0'이라는 결론이 나오는 거야. 따라서 두 수는 항상 같다는 결론을 얻는 거야. 그렇기 때문에 100달러를 은행 계좌에서 출금할 경우, 은행원은 1달러를 주면서 1달러나 100달러나 같은 게 아니냐고 주장할 수도 있어. 자네는 고급 백화점에 가서 자네가 가지고 있는 1달러가 100만 달러와 맞먹는다고 주장할 수도 있지. 더 흥미로운 사실은 살인자들을 감옥에 가둘 수 없다는 거야. 사람 한 명을 죽이는 게 사람을 죽이지 않는 것과 동일하기 때문이지. 반면에 평생 마약이라고는 손도 대지 않은 사람이 감옥에 갈 수도 있어. 왜냐하면 마약을 소지하지 않고 있다는 것이 수백만 톤의 마약을 소지하고 있다는 것과 같기 때문이지. 이런 식으로 π와 3을 똑같다고 생각하면 여러 가지 문제들이 생긴다네.

수학적인 사실들은 서로 결합해서 논리를 따라 새로운 사실로 연결된다네. 모든 추론에는 약점이 있지. 안전하기 위해서는 취약한 부분을 모두 제거해야만 한다네. 골트바흐의 가설을 20자리의 수까지만 컴퓨터로 계산하고, 그것을 참이라고 결론짓는 것은 매우 위험한 발상이지.

물론 자네는 내가 너무 아는 척한다고 생각할 수도 있겠지. 20자리 수까지 계산했는데 그 가설이 참이라면, 더 큰 수에도 그 가설을 적용할 수 있지 않느냐고?

그렇지 않다네. 수학의 세계에서 20자리 숫자는 그리 큰 수가 아니라네. 수라는 거대한 바다는 무한대로 펼쳐지고, 10억 자리 수도 어떤 경우에는 그리 큰 수가 아닐 수 있지. 그 전형적인 예를 소수이론prime number theory에서 찾아볼 수 있다네. 소수의 배열에는 뚜렷한 패턴이 없지만 통계적인 규칙성이 있지. 1849년, 카를 프리드리히 가우스는 자신의 발견에 대해 편지를 쓸 무렵, 특정 수보다 작은 소수의 개수를 그 수의 로그적분logarithmic integral과 연결시키는 공식을 발견했다네. 그리고 어림셈을 하면 실제 값보다 조금 높은 수치가 나온다는 사실도 발견했지. 이것도 컴퓨터 실험을 통해 수십억 개의 수에 대해 성립함이 검증되었지.

하지만 그 가설을 일반화시키는 데는 실패했다네. 1914년 존 리틀우드는 실제 값이 클 때도 있고 어림셈 값이 클 때도 있다는 사실을 발견했다네. 하지만 1933년 리틀우드의 제자인 새뮤얼 스키위스가 어림셈 값보다 실제 값이 더 큰 경우의 수는 적어도 $10^{10000000000000000000000000000000000}$자리의 수라는 것을 발견할 때까지 어느 누구도 어떤 수가 실제 값이 더 크고 어떤 수가 실제 값이 더 작은지 알아낼 수 없었지.

지수 자리에 0이 무려 34개나 있다네. 게다가 그의 증명에는 리만의 가설*과 같이 아직 증명되지 않은 가설들도 사용되었지. 1955년 스키위스는 리만의 가설을 인정하지 않는 경우에는, 0이 34개에서 1,000개로 바뀌어야 한다는 것을 증명했네. 이 엄청난 숫자는 우리가 원하던 것이 아니지. 그냥 단지 수의 자릿수일뿐이니까.

그 이후로 스키위스의 숫자는 1.4×10^{316}까지 세분화되었지.

이렇게 큰 숫자의 경우에는 우리가 컴퓨터로 계산할 수 있는 실험이 별 소용 없다네. 그리고 정수론에서 그 크기는 다소 전형적인 것이지.

우리가 로그적분의 측면에서 근삿값의 소수를 계산하려고 한다면, 별 상관은 없네. 하지만 수학자들은 기존의 사실에서 새로운 것을 이끌어내는 것을 목적으로 하고 있지. π의 경우에서 보았듯이 기존의 사실이 틀린 것이라면, 그 이후로 우리가 추론한 내용이 전체 수학의 기본을 파괴할 수도 있다네.

컴퓨터가 아무리 계산을 잘할 수 있다고 해도, 여전히 사람 두뇌가 필요하지. 컴퓨터가 훌륭한 조수 역할을 할 수는 있지만, 사람이 기본적으로 준비를 다 해놓아야만 컴퓨터가 계산을 할 수 있는 거라네. 컴퓨터가 있다고 해서 수학자들이 쓸모 없는 존재는 아니라는 말이지.

수학적으로 이야기하기

'증명' 의 정의는 매우 잘 되어 있지.
하지만 이것은 마치 교향곡을 '다양한 음색과 음량을 가진 연속적인 악보이며,
처음 악보에서 시작해서 마지막에 끝나는 것' 이라고 정의하는 것과 같다네.
무언가 빠지지 않았는가?

나는 지난번 편지에서 증명이 왜 중요한지 자네에게 이야기 했지. 자, 오늘은 내가 직접 질문을 해보도록 하지. 증명이란 무엇인가?

기록된 것 중에서 가장 오래된 증명은 유클리드가 한 것이라네. 기원전 300년에 그가 한 증명은 그리스 기하학을 논리적으로 설명하기 위한 것이었다네. 우선 유클리드는 공리와 공통개념이라고 부르는 기본적인 가정에서부터 출발하지. 이 두 가지는 앞으로 만들어질 가정들의 목록인 셈이지. 예를 들면 공리 4는 '모든 직각은 같다' 는 명제고 공통개념 2는 '등식 양쪽에 같은 수를 더하면, 전체 등식은 같다' 는 명제지. 그 주요 차이점은 공리는 기하학적인 것이고, 공통개념은 등식에 관한 것이라는 점이네. 현대 수학에서는 이 두 가지를 모두 합쳐서 공리 개념으로 보고 있어.

논리적으로 시작하기 위해 우선 이런 가정을 진술해두는 것인데, 이 가정을 굳이 증명할 필요는 없네. 이런 가정은 유클리드기하학에서 '게임의 규칙'이지. 그런 가정에 반대할 수도 있고 원한다면 새로운 가정을 만들어도 된다네. 하지만, 새로운 가정을 만들면 다른 규칙이 적용되는 다른 게임을 하는 셈이지. 유클리드가 하고자 한 것은 바로 자신의 게임 규칙을 명백하게 해서 유클리드기하학을 이용하는 모든 사람들이 자기가 어느 위치에 있는지 알 수 있도록 하는 것이었다네.

이것이 바로 오늘날에도 사용되는 공리적 방법이라네. 후에 수학자들은 유클리드의 논리에 빈틈이 있다는 것을 발견했고, 공리에 포함되어야 할 가정을 삭제했지. 어떤 사람은 가장 복잡한 평행선 공리에서 평행선이, 한 점에서 만나지도, 다른 평행선에서 갈라지지도 않는다는 것을 증명하려고 했다네. 하지만 종국에는 그런 시도들이 모두 실패하면서 유클리드가 옳다는 결론으로 귀결되었지. 철학 세계가 혼탁해지면서 수백 년 동안 공리학적으로 여러 가지 어려운 점들이 많이 등장했지. 그중 하나가 괴델이 발견한 이론이라네. 만약 수학이 논리적으로 일관성이 있다면, 이를 절대로 증명할 수 없다는 거야. 만약 그렇다면, 우리는 괴델의 불확실성 이론을 안고 살아갈 수밖에 없지.

수학적 논리에 관한 교과서는 유클리드 모델의 '증명'에 관한 기술에 기초를 두고 있다네. 이에 따르면 증명이란 공리로 시작했든 혹은 과거에 증명된 결과로 시작했든 몇 단계를 거쳐 일련의 논리적인 결과, 즉 정리를 얻어낸 것을 의미하지. 매 단계 논리적인 추론(기초 논리에 관한 교과서에서 볼 수 있는)을 따르면 정리는 증명이 된다네.

만약 자네가 공리에 동의하지 않는다면, 정리에 대해서도 반대할 자유가 있지. 만약 자네가 다른 규칙을 더 선호한다면, 자네 나름대로 공리를 만들어낼 자유도 있지. 중요한 것은 자네의 공리가 정리를 받아들인다는 것을 내포하고 있어야 한다는 거지. 만약 자네가 π와 3을 같은 것으로 간주하고 싶으면, 자네는 모든 숫자가 같다는 것을 받아들일 수밖에 없어. 그렇지 않다면 π와 3이 같다고 보면 안 되지. 이건 매우 간단명료한 것이라네.

'증명'의 정의는 매우 잘 되어 있지. 하지만 이것은 마치 교향곡을 '다양한 음색과 음량을 가진 연속적인 악보이며, 처음 악보에서 시작해서 마지막에 끝나는 것'이라고 정의하는 것과 같다네. 무언가 빠지지 않았는가?

게다가 어느 누구도, 논리 책에서 정의하는 것처럼 증명을 기술하지 못했다네. 1999년 나는 스웨덴 아비스코에서 열린 '과학의 이야기, 이야기의 과학'이라는 주제의 학술회의에 참가했을 때 이 문제에 대해 고민하고 있었네. 라플란드의 북극권 지역인 그곳에서 30명의 과학소설가, 과학저술, 기자, 과학사학자들이 일주일 동안 함께 머물면서 서로의 공통점을 찾아보고 있었지. 그들에게 무엇을 말할까 고민하던 중 나는 증명이란 진짜로 무엇인지 갑자기 깨닫게 되었지.

증명은 이야기라네.

증명이란 수학자들이 수학자들에게 수학계에서 쓰이는 용어를 사용해서 이야기를 하는 것이지. 증명에는 시작(가정)이 있고, 끝(결론)이 있네. 논리적인 결함이 있으면 증명은 절대 성공할 수가 없지.

일상적이거나 분명한 것은 모두 안전하게 제거하지. 왜냐하면 청중이 그런 것을 이미 알고 있고, 내레이터가 중요한 이야기만을 계속 해주기를 원하니까. 만약 자네가 스파이 소설을 읽고 있다면, 주인공이 헬리콥터에서 내려온 불타는 밧줄에 매달려 있는 장면에 관한 내용을 10쪽이나 읽으면서도 중력과 고속의 물리학적인 영향력에 대한 설명은 읽고 싶지 않을 거야. 자네는 그냥 어떻게 그 주인공이 위기에서 탈출했나를 알고 싶을 뿐이야. 증명도 마찬가지라네. 2차 방정식을 푸는 데 너무 많은 시간을 낭비하지 말게. 나는 이미 방정식 푸는 법을 알고 있으니까. 나에게 왜 그 방정식의 해가 제한된 사이클의 안정성을 결정하는지에 대해서만 이야기해주게.

어떤 논문에서 나는 이렇게 말했네. "만약 증명이 이야기라면, 그 증명에는 멋진 모험담이 있어야 한다. 우리가 알고리즘을 이용해서 모든 것을 점검할 필요는 없고 이야기 줄거리를 반드시 분명하고 설득력 있게 진술해야 한다. 이것은 단지 증명의 규칙이 아니다. 이것은 의미론이다." 이것이 바로 증명은 '문법'이 아니라 '의미'라는 메시지이지.

나는 논문에서 모호한 개념과 컴퓨터 과학자 레슬리 램포트가 주장하는 '구조화된 증명'을 대조해보았네. 구조화된 증명은 그것이 심오한 것이든 사소한 것이든 논리적으로 각 단계를 분명하게 명시했지. 램포트는 구조화된 증명을 교수법에 즐겨 이용했는데, 모든 학생들이 세부적인 내용을 이해하도록 하는 데 그의 방법은 효과적이었다네. 그중 전해 오는 일화가 있지. 슈뢰더-번스타인 정리라 불리는 아주 유명한 결과에 대한 것이야. 칸토어는 무한집합에 얼마나 많은 원소가 있는지 그 개수를 세는 법을 발견했는데, 그가 사용한 방법은 '초한수*'라고 부르는 것을 일반화한 것이지. 슈뢰더-번스타인 정리를 통해 우리가 알 수 있는 사실은 "만약 두 초한수가 서로 같거나 혹은 작다면, 두 수는 반드시 같다"는 것이지.

램포트는 존 켈리가 쓴 교재인 『일반 위상기하학General Topology』으로 이 과목을 가르치고 있었어. 존 켈리가 쓴 책에는 정리의 증명 내용이 들어있었는데, 학생들을 위해 세부 사항을 추가하게 되면서 켈리의 증명은 그릇된 것으로 판명되었지.

몇 년 동안 램포트는 더 이상 오류를 발견할 수 없었지. 증명은 완벽한 것처럼 보였어. 하지만 증명을 글로 적어내려가다 5분 만에 다시 문제점을 발견하게 되었지.

나는 슈뢰더-번스타인 정리를 내가 만든 교과서에도 포함시켰기 때문에 걱정스러웠지. 켈리의 증명을 직접 살펴봤지만, 오류를 발견할 수 없었어. 그래서 램포트에게 이메일을 보냈고, 그는 증명을 한번 적어보라고 답을 보냈네. 대신 켈리의 주장을 매우 체계적으로 살펴보았지. 그러면서 비형식적인 방법으로 구조화된 증명을 만들어냈고, 마침내 오류를 발견할 수 있었다네.

슈뢰더-번스타인 정리의 증명은 두 개의 집합에서 시작하지. 각각 이에 대응되는 두 개의 초한수로 시작하는 거지. 각 집합은 3조각으로 나누어지는데, 이는 증명을 위해 특별히 만든 '원형'이라는 개념을 이용한 거야. 그 조각들은 서로 짝을 이루지. 사실 이 증명은 두 집합과 그것을 구성하는 조각에 관한 이야기야. 그렇게 흥미로운 이야기는 아니지만, 구성도 분명하고 사람들이 기억할 만한 이야기라네. 다행히도 나는 고전적인 증명을 내가 쓴 교과서에 포함시켰고, 켈리가 다시 증명한 것은 포함시키지 않았지. 왜냐하면 켈리는 틀린 이야기를 하고 있었기 때문이야. 고전적인 증명을 간소화하기 위해 그가 너무 지나친 시도를 했다는 의심이 들었어. 아인슈타인의 "되도록 단순하게, 하지만 지나치지 않게"라는 격언을 무시한 거지.

이러한 실수가 구조화된 증명의 가치에 관한 램포트의 관점을 더욱 분명하게 해주었지. 하지만 내 논문에 쓰인 말을 인용하자면 "모순적이지 않고 보완적인 또 하나의 해석이 있다. 켈리가 좋은 이야기를 나쁘게 했다는 것이다. 그것은 세 악동 푸, 피글렛, 이요르(영화 〈곰돌이 푸〉의 주인공들-옮긴이)를 소개한 것과 같다. 그의 이야기 중 일부는 일리가 있다. 푸, 피글렛, 이료르가 떼려야 뗄 수 없는 우정을 가지고 있다는 것이다. 하지만 그들이 하루 종일하는 입씨름은 바람직하지 못하다."

우리가 증명을 교과서적으로 생각한다면 모든 증명은 같은 배경을 가지고 있지. 마치 모든 음악이 악보에 그려지듯 말이야. 자네가 음악가라서 악보만 보고도 머릿속으로 음을 떠올릴 수 있다면 다르겠지만 보통 사람 눈에는 악보가 똑같아 보이지. 하지만 우리가 증명을 이야기로 생각한다면 좋은 것도 있고 나쁜 것도 있고, 재미있거나 지루한 것도 있을 테지. 좋은 이야기는 아름다움을 가지고 있지.

폴 에르되시는 증명의 아름다움에 대하여 좀 색다른 생각을 가지고 있었다네. 에르되시는 천재적인 수학가로 어느 누구보다도 많은 사람들과 함께 연구했지. 그의 이야기를 폴 호프만이 쓴 전기 『오직 숫자만을 사랑한 남자 The Man Who Loved Only Numbers』에서 읽을 수 있지. 그와 함께 논문을 쓴 공저자는 에르되시 수 1이라고 불렸지. 그의 공동 연구자들은 에르되시 수 2, 3, 4……라고 불렸지. 이것은 케빈 베이컨이 주연한 영화 〈오라클〉의 수학 버전이야. 〈오라클〉에서 배우들은 같은 영화에 등장하며 베이컨과 관련이 있거나 혹은 다른 영화에서 베이컨과 함께 연기한 배우들과 연기를 같이 하게 되면 연결이 되지. 나의 에르되시 수는 3이라네. 나는 에르되시와 공동 연구를 한 적이 없지만 나와 공동 연구한 사람 중에서 에르되시 수 2를 가지고 있는 사람이 있거든.

어쨌든, 에르되시는 훌륭한 증명이 담긴 책을 신이 가지고 있을 거라고 생각했다네. 에르되시는 깊은 인상을 받은 증명을 보면,

그것이 '책'(The Book. 모든 수학 문제에 대한 가장 쉽고 아름다운 증명을 담은 가상의 책을 말한다-옮긴이)에 있던 것이라고 소리쳤지. 수학자의 역할은 신의 어깨 너머로 그 책을 훔쳐보고, 그 훌륭한 증명을 사람들에게 알리는 것이라고 생각했던 거야.

에르되시가 추앙한 '책'은 여러 가지 이야기로 구성되어 있다네. 나는 아비스코에서 이야기를 이렇게 마무리했지.

"심리학자들은 정서적으로 어떤 것을 이해하지 못하면 논리적으로도 그것이 옳지 않다고 이야기할 수 있습니다. 최근에 새로 등장한 기술에 대해 정서적으로 공감해야만 우리가 이성적으로도 이해할 수 있듯이 말입니다. 물론 내가 구조화된 증명에 대해 감정적으로 받아들인다고 생각하지는 않습니다. 하지만 내가 수학적으로 전개해가는 이야기에 어떤 강한 느낌을 갖는다면, 이에 감동하여 영원히 잊지 못할 것입니다. 나는 증명이라는 것이 질서 정연하게 분해하여 차곡차곡 정리하는 것보다는 이야기를 더욱 발전시키는 방향으로 나아가야 한다고 생각합니다."

급소 찌르기

짧고 간결하고 진실된 명제라고 해서 반드시 짧고 간단하게 증명된다고 생각하지는 말게.
사실, 그 반대인 경우라고 생각하는 것이 맞을 걸세. 괴델은 그것을 이론으로 증명했지.
어떤 경우 짧은 명제라고 해도 긴 증명이 필요하다는 것을 말이야.
하지만 우리는 어떤 명제가 그러한지 미리 알 수가 없다네.

사랑하는 멕에게.

만약 자네가 산악가로서 명성을 얻고자 한다면 자네는 어느 누구도 오르지 못한 산봉우리를 정복해야만 하네. 만약 자네가 수학자로서 이름을 남기고 싶다면 가장 좋은 방법은 오랫동안 해결되지 않은 문제들을 정복하는 것이라네. 푸앵카레의 추측도 있고, 리만의 가설도 있고, 골트바흐의 추측, 쌍둥이 소수 추측 등 여러 가지 해결해야 할 과제들이 아직 많으니까.

자네가 박사과정에서 공부한다고 해서 너무 우쭐대지는 말라고 충고하고 싶네. 위대한 문제들은 거대한 산과 마찬가지로 위험하기 마련이지. 자네는 아주 기발한 문제와 씨름하느라 3, 4년을 보내지만 결국 목표 달성에 실패하거나 아무것도 얻지 못할 수도 있다네. 이런 점에서 수학은 다른 과학과 다르네. 만약 자네가 화학 실험을 했다면, 자네는 그 실험을 통해 이론을 증명했든 하지 못했든, 실험 결과를 기록할 수 있을 테니까. 하지만 수학적 이론에 대한 글을 쓸 때, "이 문제를 풀려고 했는데 못 풀어서, 문제를 왜 못 풀었는지 기록했습니다"라고는 할 수 없다네.

심지어 교수들조차 아주 심혈을 기울여서 어려운 문제들을 다루어야 한다네. 오늘날 대학에서는 교수들이 좀 더 생산적이기를 원하지. 1년에 얼마나 많이 논문을 발표했는지를 보고 교수의 능력을 평가한다네. 만약 5년 동안 논문을 발표하지 않고 푸앵카레의 추측을 풀어냈다면 자네는 평생 교수직을 보장받을 수 있지. 만약 자네가 5년 동안 논문을 한 번도 발표하지 않고 푸앵카레의 추측을 해결하는 데 실패했다면 해고당할 걸세.

그래서 교수들이 찾은 타협점은 자기 시간 중 일부는 어려운 문제를 연구하는 데 보내고, 나머지 시간에는 사소하지만 풀 만한 가치가 있는 문제를 해결하는 데 보내는 거지. 아주 거대한 문제들에만 집중할 수 있다면 얼마나 좋겠는가마는, 현실은 그렇지 않다네. 그럼에도 불구하고 몇몇 용감한 교수들은 큰 문제들에만 집중해서 결국에는 성공하지. 오랫동안 추측으로 내려오던 문제가 그들의 손에서 증명으로 바뀌고 마침내 일반 이론이 되는 거야.

지난번 편지에서 증명은 이야기와 같다고 말했었지. 보통 소설에는 7가지의 플롯이 있다고 하는데, 고대 그리스인들은 그런 사실을 모두 알고 있었지. 수학적 증명에는 해설적인 부분이 얼마 안 되지만, 고대 그리스인들은 한 가지만 알고 있었지. 바로 간결하고 달콤하고, 설득력이 강한, QED*를 잘 알려지도록 만든 유클리드의 이야기지.

그러면 수백, 아니 수천 쪽짜리 수학적 증명을 만들어야 하나? 즉 몇 달 동안 컴퓨터로 한 계산을 모두 담아야 하는가? 점점 어려운 문제를 푸는 데 엄청난 양을 기록하는 방식의 증명법이 등장하기 시작했지. 그리스인들에게 알려진 간결하고 설득력 있는 이야기 구성에 비해, 이러한 증명은 서사시적이며 지루하지. 그래서 이야기하고자 하는 주요 내용이 나타나지 않을 수도 있다네. 에르되시가 꿈꾼 신의 수학적 창조물의 아름다움은 어떻게 되었을까? 그런 수학적 증명이 실제로 필요한가? 수학자들이 좀 더 멋스럽고 간결한 버전을 찾지 못해서 이렇게 어마어마한 증명을 하는 것인가?

페르마의 마지막 정리를 와일스의 증명은 아주 고도의 수학적 테크닉에 관한 내용으로 거의 100쪽이나 채웠지. 그걸 보고 과학 잡지사 기자 존 호건은 아주 도발적인 제목의 기사를 썼다네. 바로 "증명의 죽음"이지. 호간은 왜 증명이 점점 쓸모없는 존재가 되는지 증명하기 위한 증거를 모았지. 그는 컴퓨터의 등장, 학교에서 더 이상 증명을 배우지 않는다는 점, 와일스의 증명처럼 증명이 너무 거대해진다는 점을 이유로 들었네. 그것은 역사적으로 훌륭한 업적을 무마시켜버리려는 엄청난 시도였지. 맞아, 우리는 달에 사람을 보냈지. 하지만 그걸 위해 우리가 써버린 로켓 연료의 가치에 대해 한번 생각해보게나.

와일의 증명은 어마어마한 분량이긴 하지만, 아주 흥미로운 사실을 말해주고 있다네. 그는 간단한 문제를 위해 엄청난 수학적 도구를 사용해야만 했지. 마치 물리학자들이 쿼크를 연구하기 위해 엄청난 규모의 분자가속기가 필요하듯이 말이야. 정신없고 정갈하지 않았지만 그의 증명은 아주 풍부하고 아름다운 것이라네. 수백 쪽의 내용에는 이야기 구성, 즉 스토리 라인이 있지. 전문가는 자세한 내용을 훑어보며 설명을 따라가지. 논리가 구불구불 이어지기도 하지만, 긴장감이 남아 있다네. 주인공이 마지막 쪽에서 마지막 정리를 극복할 것인가? 혹은 페르마의 유령이 계속 수학자를 괴롭힐 것인가? 『전쟁과 평화』가 길다는 이유로, 혹은 『피네간의 경야』라는 작품이 학교에서 읽히지 않는다는 이유로 문학이 죽었다고 말하는 사람은 없지. 전문 수학자들은 100쪽짜리 증명을 다룰 수 있다네. 1만 쪽이라고 해도 문제될 게 없지. 몇몇 그룹이 만든 것과 수십 명이 10년 이상 만들어낸 엄청난 분량의 증명도 전문 수학자들에게는 문제가 되지 않아.

짧고 간결하고 진실된 명제라고 해서 반드시 짧고 간단하게 증명된다고 생각하지는 말게. 사실, 그 반대인 경우라고 생각하는 것이 맞을 걸세. 괴델은 그것을 이론으로 증명했지. 어떤 경우 짧은 명제라고 해도 긴 증명이 필요하다는 것을 말이야. 하지만 우리는 어떤 명제가 그러한지 미리 알 수가 없다네.

피에르 드 페르마는 1601년생이지. 그의 아버지는 가죽을 파는 사람이었어. 엄마는 변호사 집안의 딸이었지. 1648년 그는 지역

의회에서 왕의 고문 역할을 맡게 되었다네. 그곳에서 그는 평생을 일하다가 1665년 법적인 문제를 해결하고 이틀 뒤에 사망했지. 그는 학자로서의 지위는 가지지 못했지만, 수학은 그의 열정이었다네. 수학사학자 벨은 그를 "아마추어들의 왕자"라고 불렀지. 하지만 오늘날 교수들은 그의 능력을 높이 사고 있다네. 그는 수학의 많은 영역을 다루었지만 그중 가장 영향력 있는 것은 바로 정수론이지. 이 이론은 알렉산드리아의 디오판토스의 업적을 바탕으로 나온 거야. 그는 기원후 250년경 『산수론^{Arithmetica}』이라는 책을 썼다네. '디오판토스의 방정식'이라고 불리는 이 방정식은 반드시 정수 범위 내에서 풀어야 하는 거지.

디오판토스가 완벽한 답을 구한 문제는 바로 '피타고라스의 삼각형'을 찾는 것이었지. 즉 '두 제곱수의 합은 한 제곱수의 합과 같다.' 피타고라스의 정리는 직각삼각형의 변의 길이를 말해주지. 예를 들면, $3^2+4^2=5^2$, $5^2+12^2=13^2$과 같은 거야. 페르마는 『산수론』의 사본 한 권을 가지고 있었고, 그 책을 보면서 많은 영감을 얻었다네. 그리고 한쪽 귀퉁이에 자기가 내린 결론을 쓰곤 했어. 1637년경 그는 피타고라스의 방정식에서, 제곱 대신에 3제곱, 4제곱을 하면 어떨까를 생각해보았지. 예를 들면 $x^4+y^4=z^4$처럼 말이야.

하지만 그는 어떠한 식도 성립하지 못한다는 것을 알았지. 그리고 『산수론』 책 귀퉁이에 수학 역사상 아주 유명한 말을 남겼다네.

"피타고라스의 방정식에서 n이 2보다 큰 경우는 성립하지 않는다. 나는 아주 놀라운 증명을 발견했다. 하지만 책 모서리의 여백이 충분하지 않기 때문에 여기에 적을 수는 없다."

이 말은 후에 그의 '마지막 정리'라고 알려졌지. 왜냐하면 그 후 오랫동안 많은 수학자들이 그걸 증명하지도 못했고, 틀렸다고 반증하지도 못했기 때문이지. 하지만 그가 증명에 성공했다면 아무리 그 내용이 길다고 하더라도 간략하게 나타낼 수도 있지 않았을까?

17세기에는 어느 누구도 방대한 분량의 증명을 하지 않았다네. 수학자들이 페르마의 놀라운 정리를 증명하는 데 실패한 이후로 350년 동안. 그리고 1980년대 후반에 앤드루 와일스가 이 문제에 대해 문제를 제기했지. 그는 혼자 집에서 연구하면서 비밀을 지키겠다고 약속한 몇몇 동료들하고만 이야기를 했지.

이전의 다른 수학자들과 마찬가지로, 와일스의 전략은 해답은 있다고 가정하고 대수학적으로 숫자를 사용해서 그 해답과 배치되는 예제를 찾으려고 하는 것이었다네. 그의 생각은 독일 수학자 게르하르트 프라이로부터 나온 것이라네. 프라이는 페르마의 '불가능한' 방정식의 해답에서 찾을 수 있는 숫자 세 개를 이용해서 타원곡선 암호*라고 불리는 3차 방정식을 만들었지. 수학자들은 100년 이상 타원곡선 방정식에 대해 연구했고 그것을 다루는 다양한 방법이 존재했기 때문에, 그의 생각은 아주 적절한 것이었지. 게다가 수학자들은 타원곡선 방정식을 페르마의 방정식에서 추론한다면 서로 대치되는 이상한 결과를 낳게 된다는 것을 깨달았지. 예를 들면 타원형 곡선을 정의하는 데 쓰이는 소위 타니야마-시무라-베이유의 추론과 대치되는 결과를 낳게 된다는 거지.

어느 누구도 타니야마-시무라-베이유 추론을 증명하지는 못했지만, 대부분의 수학자들은 그 추론이 맞을지도 모른다고 생각했다네. 물론 그 추론이 옳다면 페르마 방정식은 상충되는 결과를 낳게 될 것이고, 그렇게 된다면 페르마 방정식은 존재할 수 없게 되지. 그래서 와일스는 심호흡을 하고, 타니야마-시무라-베이유 추론을 증명하려고 노력했다네. 7년 동안 그는 그 문제를 해결하기 위해 정수론을 살펴봤고, 마침내 좋은 전략을 생각해냈지. 물론 그는 혼자 연구했지만, 모든 영역을 혼자서 담당하지는 않았다네.

그는 계속해서 타원곡선에 대한 새로운 측면들에 대해서 소식을 접했지. 새로운 기술을 만들어내는 학자들이 없었다면, 그는 성공할 수 없었을 거야. 하지만 그는 엄청난 기여를 했고, 결국 그가 연구한 주제는 아주 흥미로운 새로운 영역이 되었지.

와일스의 증명은 전문이 《수학연보》에 실렸는데, 분량이 100여 쪽이나 되었다네. 물론 너무 길어서 책 귀퉁이에는 모든 내용을 담을 수 없지. 그럴 만한 가치가 있었을까?

물론 그렇다네.

와일스가 페르마의 마지막 정리를 부정하기 위해 만들어낸 방법은 정수론에서 완전히 새로운 영역을 열었지. 이야기가 길고, 세부적인 사항은 전문가만 이해할 수 있는 내용이라는 것을 인정하네. 그런데 톨스토이 원작 소설을 원어로 읽기 위해 러시아어를 배워야 한다고 투덜대는 것도 이해가 안 가지만, 전문적인 증명 내용이 길고 어렵다고 해서 투덜대는 것은 더 이해가 안 가는 행동이지.

블록버스터

전문가들은 종종 잘 알려진 문제가 단순화되지 않거나 혹은
다른 사람이 제시한 대안으로는 문제를 풀 수 없을 경우, 증명에 대한 열의를 보이지.
종종 그들이 맞는 경우도 있지만 어떤 경우에는 그들이 너무 많이 알고 있어서
판단을 잘못하는 경우도 있다네.

사랑하는 멕에게.

유한단순군$^{finite\ simple\ group}$을 분류하는 데 1만 쪽 정도의 글을 써 내려가야 한다는 말은 농담이 아니라네. 지금 그 증명은 간소화되고, 다시 재편되고 있기는 하지만 말이야. 운이 좋다면 1만 쪽을 2,000쪽 정도로 줄일 수 있겠지. 대부분의 증명은 손으로 이루어진다네. 물론 그 뒤에 숨은 아이디어도 사람이 생각한 결과 얻어지는 산물이지. 하지만 어떤 중요한 부분을 이루기 위해서 컴퓨터의 도움이 필요하기도 하네. 이러한 현상은 점점 증가하는 추세라네. 이로써 증명이 점점 설명식으로 바뀌는 경향도 보이고 있지. 지난 30년 동안 일어난 일이기는 하지만, 컴퓨터의 도움을 받아 증명을 하는 사례가 늘어나고 있다네. 이건 수십억 개의 똑같은 버거를 만들어내는 패스트푸드점과 같지. 물론 컴퓨터가 아름답

게 처리하지는 못한다네. 그들의 역할은 단지 원칙적인 컴퓨터 프로그램 속에서 계산을 하여 육중한 문제들을 줄여주는 것이라네. 계산을 컴퓨터에 맡기고, 컴퓨터가 "예"라고 대답하면, 그 증명은 완성되지.

최근에 케플러의 추측과 관련한 증명이 바로 그 예라네. 1611년 요하네스 케플러는 어떻게 하면 여러 개의 공을 빈틈없이 배열할 수 있을까 고민했다네. 그리고 마침내 가장 효과적인 방법을 생각해냈지. 그건 바로 과일장수가 오렌지를 쌓아놓을 때 쓰는 방법인데, 벌집 모양 위에 평평한 층을 만들고 똑같은 층을 다시 위에 올려 그 사이에 오렌지를 쌓는 거지. 이 패턴은 결정체에서도 나타나는데 물리학자들은 이것을 면심입방격자*라고 부른다네.

케플러의 주장이 "명백하다"고 사람들은 이야기하지만, 그렇게 생각하는 사람들 중에서 어느 누구도, 세부적인 사항에 대해서 이해하지 못했지. 예를 들면, 가장 효과적인 배열에 구의 평면이 포함된다는 사실도 분명하지 않거든.

과일장수는 평평한 면에서 과일을 쌓기 시작하지만 자네는 그럴 필요가 없지. 이 문제의 이차원적인 변형인 '평면에서 원을 배열할 때 벌집 모양이 가장 효과적인 방법이라는 것을 보여주는 것'은 1947년까지는 입증되지 않았다네. 하지만 1947년 라슬로 페예스 토트가 마침내 증명했지. 그의 증명은 너무 복잡해서 책에 넣을 수는 없지만, 아무튼 그게 우리가 가진 전부라네.

1998년, 토머스 헤일스는 컴퓨터의 도움을 받아 케플러의 추측을 증명했다고 발표했지. 수백 쪽의 수학적 계산과 기가바이트의 컴퓨터 계산을 이용한 그 증명은 《수학 연보》라는 세계적으로 유명한 수학 잡지에 기록되었다네. 하지만 한 가지 생각해볼 것이 있는데, 그것은 컴퓨터 계산의 모든 단계를 점검해보지 않았다는 거지.

헤일스의 접근 방법은 구를 작은 단위로 적합하게 배치할 수 있는 모든 방법을 적는 것이었네. 그 다음 그 군집이 면심입방격자에서 찾은 것과 같지 않으면, 구 모양을 다시 재정렬해서 '압착'했지. 결론은 공간을 가장 효율적으로 채울 수 있는 배열은 바로 우리가 추측했던 방법이란 거지. 이것은 토트가 2차원적인 문제를 다룬 방법인데, 그는 50가지 경우의 수를 나열할 필요가 있었지. 헤일스는 3차원에서 수천 가지 경우의 수를 다루어야 했고, 컴퓨터는 일일이 적합하지 않은 경우의 목록을 어마어마하게 산출해냈지. 그 모든 것을 하는 데 3기가바이트의 컴퓨터가 필요했다네.

이렇게 컴퓨터의 엄청난 능력을 빌려 문제를 푼 증명의 시초는 4색 정리 증명이었네. 100년 전 프랜시스 거스리는 모든 국가가 표시되어 있는 2차원 평면지도에서 네 가지 색만을 이용해서 인접한 국가의 색깔을 다르게 표시할 수 있는지 의문을 가졌지. 단순한 문제로 보였지만, 증명 가능성은 정말 불투명했다네. 마침내 1976년 케네스 아펠과 볼프강 하켄이 그 4색 정리를 증명했지.

여러 차례 실패를 경험하고 수차례 손으로 계산을 하면서, 그들은 처음으로 2,000가지나 되는 '국가'의 배열을 나열하여 컴퓨터를 이용해서 그 내용이 맞는지 입증하도록 했네. 당시에는 2,000시간 정도 걸리는 작업이었네(지금은 컴퓨터를 이용하여 1시간 만에 할 수도 있다네). 하지만 결국 아펠과 하켄은 답을 찾아냈지.

컴퓨터의 도움을 받아 증명을 하게 되면서 취향, 창의성, 철학이라는 문제가 제기되었지. 어떤 철학자들은 이들의 공격적인 접근 방법이 전통적 의미의 증명과는 다름을 느꼈지. 하지만 이런 엄청난 반복 실행을 위해 컴퓨터가 발명되었거든. 컴퓨터는 엄청난 분량의 계산을 정확히 할 수 있고, 이런 측면에서 사람들보다 낫다고 할 수 있어. 만약 컴퓨터와 인간이 모두 엄청난 계산을 동시에 하고 다른 답을 내놓는다면, 사람들은 컴퓨터가 계산한 답을 믿겠지. 하지만 모든 증명에서 컴퓨터가 한 계산은 극히 사소하고 지저분하다는 것을 밝혀야겠네. 인간이 계산 결과를 서로 묶어 정리해놓아야 비로소 그 데이터가 가치 있는 데이터가 되는 거지. 만약 페르마의 마지막 정리에 관한 와일스의 증명이 그 형식과 아이디어에 있어 가치가 있다면, 컴퓨터 증명은 전화번호부에 불과해. 사실 아펠과 하켄의 증명에서 문자 그대로 하자면, 모든 것을 점검해보기는커녕 방대한 분량을 세밀하게 읽어보기에도 우리 인생은 너무 짧다네.

하지만 이런 증명이 그 멋과 통찰력을 잃어버린 것은 아니지. 자네는 컴퓨터가 계산을 잘할 수 있도록 문제를 잘 정렬하는 방법을 알고 있어야 하지. 게다가 자네가 그 추론이 맞다고 확신이 들면, 그것을 증명하기 위한 좀 더 고상한 방법을 찾을 수 있다네. 이상하게 들릴 수도 있겠지만, 이미 참임을 알고 있는 것을 증명하는 것이 더 쉽다는 사실은 수학자들 사이에서는 널리 알려진 내용이라네. 전 세계적으로 수학을 배우는 곳이라면 누군가가 이렇게 농담하는 것을 들을 수 있을 걸세. 즉 어떤 중요한 문제가 해결되었다는 소문을 퍼뜨리고, 실제로 해답이 나오기를 기다리는 것이 좋겠다는 이야기 말이야. 이것은 콜럼버스의 대서양 횡단과 같은 경우라네. 콜럼버스가 처음으로 대서양을 횡단하기는 무척 어려웠지만, 5년 후에 존 캐벗이 대서양을 건너기는 훨씬 쉬웠다네. 왜냐하면 그는 콜럼버스가 발견한 내용을 이미 알고 있었으니까.

그렇다면 수학자들도 궁극적으로 언젠가는 케플러의 추측과 4색 정리에 대한 신의 증명을 발견할 수 있음을 뜻하는 것은 아닐까?

그럴 수도 있고, 그렇지 않을 수도 있지. 단순하게 진술된 정리가 그 증명도 단순하다고 생각하면 오산이라네. 아주 어려운 문제도 단순하게 표현할 수는 있으니까. 수학이라고 다를 것 없겠지?

전문가들은 종종 잘 알려진 문제가 단순화되지 않거나 혹은 다른 사람이 제시한 대안으로는 문제를 풀 수 없을 경우, 증명에 대한 열의를 보이지. 종종 그들이 맞는 경우도 있지만 어떤 경우에는 그들이 너무 많이 알고 있어서 판단을 잘못하는 경우도 있다네. 만약 자네가 숙련된 산악가라고 생각해보게. 빙하와 빙벽으로 둘러싸여 있는 산봉우리를 오를 때 겉으로 보기에 지름길 같은 길이 매우 길고 아주 복잡한 것일 수도 있다네. 이에 대한 대안이 단지 벼랑밖에 없다면, 그 벼랑을 타고 올라갈 수 없다는 것은 명백한 사실이지. 하지만 헬리콥터를 구해 정상까지 쉽고 빠르게 올라갈 수도 있지 않겠나.

전문가들은 빙벽과 벼랑을 볼 수 있지만, 헬리콥터 생각은 전혀 하지 못하는 경우도 있어. 어떤 사람이 갑자기 그런 기계를 발명하여 모든 전문가들이 틀렸음을 증명할 수도 있지.

반면, 괴델의 경우를 한번 생각해보게. 우리는 어떤 증명의 경우 길어질 수밖에 없다는 것을 알고 있지. 아마 4색 정리와 페르마의 마지막 정리가 좋은 예가 될 걸세.

4색 정리에서 만약 지금의 방법, 즉 있을 수 있는 모든 경우의 목록을 찾아내고 '축소' 과정을 통해 하나씩 지워나가면 더 이상 단순화하기란 불가능하다는 것을 증명하는 것은 어림으로도 충분히 가능하지. 하지만 사실 이것은 앞으로 만날 빙벽의 개수를 세는 것과 같다네. 만약 이렇게 엄청난 분량만이 우리가 할 수 있는 최선이라면, 페르마는 왜 자기가 증명했다고 기록했을까? 그냥 책 귀퉁이에 분량이 너무 방대해서 다 적을 수 없다고 적었을지도 모르지.

와일스가 한 증명보다 페르마가 한 증명이 더 간단하기 때문에 사람들은 그의 증명을 받아들였는지도 모르지. 하지만 페르마가 그 당시에는 발견될 수 없었던, 잘 드러나지 않지만 치명적인 실수를 했을 가능성이 더 크다네.

불가능한 문제들

수학에는 이것 말고도 풀 수 없는 문제들이 많지.
각을 3등분하는 것은 고대 그리스 기하학자들이 만들어낸 '고대의 문제들' 중 하나지.
그리스인들은 눈금 없는 자와 컴퍼스보다 더 복잡한 도구를 가지고
이 세 가지 문제를 푸는 방법을 알고 있었지.
하지만 그것이 그들이 알고 있는 유일한 방법이었을 걸세.

사랑하는 멕에게.

각을 3등분하는 문제에 절대로 도전하지 말게. 자네가 수학 연구를 더 하고 싶다면 얼마든지 흥미로운 문제를 보내주겠네. 그러니 각을 3등분하는 문제는 잊어버리게. 왜냐고? 그건 시간 낭비이기 때문이지.

우리 수학자들은 일반인들 대부분이 접근할 수 없는 특권을 누릴 수 있다는 것을 알고 있네. 수학에서는 불가능한 것도 증명할 수가 있으니까.

일반인들 대부분에게 '불가능하다'는 것은 '신경 쓰고 싶지 않아'에서부터 '아무도 그걸 해결하는 방법을 몰라' 혹은 '사람들의 의견이 일치하지 않는 것'이라는 것을 의미하지. 과학소설 작

가인 아서 C. 클라크는 아주 유명한 글을 남겼다네.

"나이가 많고 아주 저명한 과학자가 어떤 것이 가능하다는 사실을 발표하면, 그가 옳을 가능성이 아주 높다. 그가 불가능하다고 선언하면 오류일 확률이 높다."

하지만 그의 말을 수학자와 수학 정의에 적용해보면, 옳지 않아. 불가능한 것을 수학적으로 증명했다는 것은 실질적으로 문제 자체를 확정하여 종결지은 것이라네.

내가 "실질적으로"라고 말한 이유는 종종 문제를 약간만 바꾸면 불가능하던 것이 가능해질 수도 있기 때문이네. 물론 이때, 그 두 문제는 같은 문제라고 할 수 없지. 내가 좋아하는 것 중에서 간단하면서도 불가능한 문제가 바로 퍼즐이지.

처음에는 쉬워 보이는 퍼즐이라도, 수학적으로 보면 매우 논리적인 구조로 되어 있지. 특히나 우리가 어떤 과제를 불가능하게 생각하는 이유를 알 수 있게 해준다네. 체스판이 있다고 생각해보게. 대각선 방향으로 양 모서리가 없다고 했을 때, 31개의 도미노를 가지고 이 퍼즐을 채울 수 있겠나? 이때, 각 도미노는 체스판에 있는 두 개의 인접한 정사각형을 채울 수 있는 크기지.

'속임수'는 통하지 않는다는 사실을 인지하고 있어야 하네. 각 도미노는 겹쳐서는 안 되지. 혹은 잘라서도 안 되네.

문제 풀이에서 첫 번째 질문은 직설적인 것이지. 전체 넓이가 퍼즐을 성공적으로 맞추는 데 도움이 되는가? 체스판의 총 넓이는 64-2=62개의 정사각형 넓이지. 도미노의 총 넓이도 $2 \times$

31 =62개의 정사각형 넓이지. 그렇다면, 체스판을 꽉 채우는 정사각형의 개수가 딱 들어맞는 거네.

만약 도미노가 30개만 주어졌다면, 계산해본 결과 맞지 않기 때문에 문제를 풀 수 없다고 결론지을 수 있지. 하지만 우리는 31개의 도미노를 가지고 있기 때문에 넓이는 문제가 되지 않지.

멕, 나는 자네가 수학을 많이 했다는 것을 알고 있네. 하지만, 이 문제는 접해본 적이 없겠지. 대학교 교과서에도 퍼즐 문제는 나와 있지 않으니까.

한번 시도해보게. 잠시 동안, 생각을 접어두고, 보드지를 잘라서 도미노를 만들고, 그것을 한번 맞추어보게.

한번 해봤나? 어떤 일이 생겼나?

잘 안 되지? 자네가 아무리 시도해도, 답을 얻지 못할 걸세. 만약 자네가 체스판의 흰색과 검은색 정사각형 개수를 세어본다면, 그 이유를 알 수 있을 걸세.

어디에 놓여 있든 상관없이 모든 도미노는 체스판의 검정색과 하얀색 정사각형 한 개씩을 덮게 되지. 그렇기 때문에 서로 겹치지 않는 도미노의 배열은 하얀색과 같은 개수의 검은색 정사각형

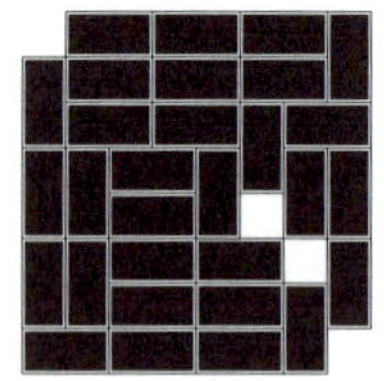

들을 덮게 되지. 하지만 일정 부분이 잘려나간 체스 보드는 32개의 검은색 정사각형들과 30개의 하얀색 정사각형들이 있지. 도미노를 어떻게 배열하든 상관없이 적어도 두 개의 검정색 정사각형은 항상 비어 있게 되지.

대신 만약 두 개의 인접 귀퉁이(하나는 검은색, 하나는 흰색)를 제거하고 나면, 이 증명은 적용되지 않지. 그리고 사실상 퍼즐은 해결된다네.

이 퍼즐 속에 숨어 있는 깊은 의미는 수학 전체에도 적용되고 있지. 문제를 해결하기 위해 방대한 경우의 수, 예를 들면 도미노가 배열될 수 있는 갖가지 방법들에 대해 생각했다면 일반적으로 한 번에 하나씩 다룰 수 있는 방법밖에 없지. 따라서 자네는 배열을 바꾸더라도 변하지 않는 공통점들을 찾아내야만 하네. 그런 변하지 않는 것들을 불변성이라고 부르지.

여기서 우리가 찾으려고 시도한 첫 번째 불변성은 바로 넓이라네. 하지만 그 불변성은 여기서 도움이 되지 않지. 그래서 나는 검은 정사각형의 개수와 흰 사각형의 개수가 얼마나 다른지에 대한 불변성을 이용했다네. 어느 도미노나 검은 정사각형 개수에서 흰

 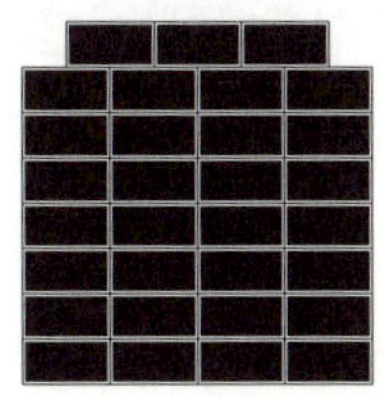

정사각형 개수를 빼면 0이 나오지. 그래서 규칙에 따라 도미노를 배열했을 때, 0이 나오지 않으면 안 되네.

'넓이'의 불변성을 사용하면 어떤 퍼즐은 풀 수 있지만, 어떤 경우에는 풀지 못할 수도 있다네. 그래서 우리는 홀수 아니면 짝수라는 '짝짓기' 불변성을 사용하는 거지.

자, 이제 퍼즐 이야기는 그만 하고 좀 더 심오한 수학 문제로 넘어가도록 하지. 비슷한 아이디어가 여전히 적용된다는 것은 놀랍고도 기쁜 일이지.

각도를 3등분하는 것이 바로 핵심이라네. 가우스의 제자 피에르 완첼이 1837년 증명을 한 이후로 우리는 눈금 표시가 되어 있지 않은 직선 자와 컴퍼스를 이용해서 각을 3등분할 수 없다는 사실을 알게 되었네. 그 말은 기하학적으로 전통적 방식으로는 어떤 각이라도 3등분할 수 없다는 말이지.

각을 비슷한 각도로 셋으로 나눌 수는 있겠지만, 정확하게 3등분할 수는 없을 걸세. 누구든지 각을 정확하게 3등분할 수 있는 방법을 발견했다고 한다면 나는 그 방법을 검토하지 않고도 잘못된 것이라고 분명하게 말할 수 있네. 우리는 오류가 포함되어 있을 것임을 확신하지. 어디가 잘못되었는지, 어떤 점이 잘못되었는지 찾아내기 힘들지만, 어딘가에는 분명히 잘못된 점이 있다는 것을 확신하네.

물론 이런 말이 거만하게 들릴 수도 있지. 각을 3등분한 사람들의 심기를 불편하게 할 수도 있으니까. "내가 한 증명을 보지도 않고 어떻게 알 수 있단 말인가?”

그런 방법이 불가능하다고 증명된 것을 이미 알고 있기 때문에 그런 거라네. 만약 어떤 사람이 10초 만에 1킬로미터를 뛸 수 있다고 한다면, 어떤 속임수를 쓰지 않고는 불가능하다는 것을 알기 때문에 쳐다보려고도 하지 않는 것과 같은 이유라네.

애써 노력하지 않아도 우리는 눈치 챌 수 있지. 수학도 역시 그렇다네.

자, 그럼 각을 3등분할 수 없다는 것을 어떻게 알 수 있을까?

물론 이 문제는 기하학 문제지만, 그 해결책은 대수학에서 찾을 수 있다네. 이는 수학 연구에서는 아주 일반적인 방법이네. 즉 논리적으로 벗어나지 않는 한 문제를 다른 형태로 바꾸어서 다른 수학의 영역으로 만드는 거지. 운이 좋다면, 새로운 영역에서 새로운 방법을 사용할 수 있고, 그렇게 되면 문제 해결의 실마리가 보이게 된다네. 기하학을 대수학으로 바꾸는 생각, 혹은 그 반대는 데카르트 시대부터 시작되었지. 1637년 『방법서설^{Discours de la Méthode}』의 기하학 부분 부록에서 그는 기하학의 도형을 대수 방정식으로 바꾸는 것에 대해 언급했고, 다시 대수 방정식을 기하학의 도형 문제로 바꾸는 방법에 대해 간략하게 설명을 했다네. 오늘날 우리는 이것을 그의 이름을 따서 ‘데카르트 좌표’라 부르지.

이 문제에 대해 자네도 익숙할 것이라는 생각이 드는데, 이를 이용해 평면에서는 어떤 지점도 두 개의 수로 표현될 수 있다네. 그리고 거리는 직각에서 두 개의 방향으로 잴 수가 있지. 수평과 수직 혹은 북쪽-남쪽과 동쪽-서쪽. 결국 선, 원 혹은 다른 곡선은 단지 점들의 집합일 뿐이지. 즉 수의 순서쌍 집합이라는 뜻이라네. 그런 선과 곡선에 관한 설명을 수로 나타낼 수 있기 때문에 대수 영역에 속하지. 피타고라스의 정리를 사용해서 원의 반지름을 대수로 바꾼다면, 단위원의 원주에 있는 어떤 점이든 간에 가로 길이를 제곱하고 그 값을 세로 길이의 제곱에 더하면 1이 되지. 수식으로 나타내보면, $x^2+y^2=1$이지. 이것이 바로 그 원에 대응하는 방정식이라네.

모든 원, 직선, 곡선은 그에 따른 방정식을 가지고 있지. 그리고 원과 선이 만나는 점은 바로 원을 나타내는 방정식과 선을 나타내는 방정식을 모두 만족시키는 수라네. 선과 곡선을 그리고 거기에 대응하는 점을 찾는 대신 우리는 그냥 방정식을 풀 수도 있지. 선과 곡선을 그리고 서로 만나는 점을 찾는 것을 생각하는 것보다, 그에 대응하는 방정식을 푸는 방법을 생각하는 것이 더 중요하다는 뜻이네.

그리고 이런 방법을 이용해서 왜 각을 3등분할 수 없는지 증명할 수 있지.

지금부터 자세하게 설명해보도록 하지. 기하학에서 작도는 점의 집합에서 시작한네. 그리고 새로운 점은 세 가지 방법으로 만들 수 있네. 우리가 이미 있는 점을 지나는 두 개의 선을 그리고 어디서 두 선분이 만나는지 알아볼 수도 있고, 혹은 그런 선을 그리고 그 선이 이미 알고 있는 점 위에 그려진 원 어디에서 만나는

 미래의 수학자에게

지 찾아낸 다음, 이미 나와 있는 또 다른 점을 지나가게 하는 거지. 마지막 방법은 두 개의 원을 그리고, 그 원이 어디에서 만나는지 알아보는 것이네. 이런 것은 도구의 도움을 받아야만 가능하지. 직선 자를 사용해야만 똑바른 선을 그릴 수 있고, 컴퍼스를 사용해야만 원을 그릴 수 있지. 따라서 우리는 이미 있는 것을 이용해서 새로운 점을 만드는 것이지. 이런 행동을 유한 번 반복하고 멈추는 것이라네.

이것이 또 다른 전형적인 증명 방법이라네. 즉, 문제를 가능한 가장 간단한 형태로 쪼개는 거지.

물론, 각도 문제는 이런 방법에는 어울리지 않는 것처럼 보일 수도 있네. 하지만 각이라는 건 두 선분이 한 점에서 만나 생기는 것이 아닌가. 점 세 개만 있다면 각도를 정의하기에 충분하지. 각도의 3분의 1 지점을 표시하기 위해서는 점 하나만 더 그리면 되지. 4번째 점의 위치를 정하기 위해서는 원칙적으로 여러 개의 보조 점을 찍어야 할 것 같지만 사실은 이떤 보조점도 필요없네.

그 이유를 한번 살펴볼까? 여기서 또 다른 증명의 기술을 적용해보도록 하겠네. 가장 간단한 각 단계를 먼저 살펴보고, 꼭 필요한 특징을 찾아내는 거라네.

기하학적으로 봤을 때, 눈에 띄는 세 가지 단계가 있지. 두 개의 선, 선과 원, 그리고 두 개의 원. 하지만 우리가 이런 단계를 대수학으로 바꾸어본다면, 선은 1차 방정식을 푸는 것, 그리고 나머지 두 개는 2차 방정식을 푸는 것과 동일하지. 1차 방정식에서는 미지수의 몇 배수에 어떤 수를 더하면 0이 되지. 2차 방정식에서는 미지수의 제곱의 몇 배수에 미지수의 몇 배수 그리고 어떤 수를 더하면 0이 되지.

1차 방정식은 2차 방정식의 '특수한 경우'라네. 그래서 이 모든 세 가지 단계는 2차 방정식을 푸는 것과 같다는 결론이 나오지.

2차 방정식을 푸는 방법은 기원전 2000년경에 이미 바빌로니아 인들이 알고 있었지. 그리고 그 기본적인 생각은 제곱근을 사용해서 2차 방정식을 푼다는 것이었어. 간략하게 말하면 '눈금이 표시되어 있지 않은 직선 자와 컴퍼스를 사용해서 만들 수 있는 것'을 '제곱근의 배열로 표현할 수 있는 것'(덧셈과 뺄셈 같은 연산도 포함)으로 대체한 거지. 제곱근을 이용하면 기하학 작도에서 나오는 모든 점을 표현할 수 있다네.

이런 작도를 사용해서 어떤 각을 3등분할 수 있다고 생각해보게. 그리고 일치하는 점(각을 3등분하는 것과 관련된 점)의 좌표는 반드시 제곱근으로 표시해야 하지. 가능하겠나? 자, 이제 우리는 새로운 점에 관해 알고 있네. 그 점의 좌표는 3차 방정식에 의해 주어졌지. 3차 방정식은 어떤 수의 세제곱과 관련 있는 수식이지. 이러한 관찰은 삼각법에서 나온 것이라네. 삼각법에서 기본 공식은 각의 사인을 그 각도의 3배 큰 각도의 사인과 연관 짓는 것이라네.

그렇게 하면 모든 일은 간단한 질문으로 바뀌지. 즉 알고 있는 수가 3차 방정식의 해일 때, 제곱근만 이용해서 이 수를 표현하는 것이 가능할까? 여기에는 잘 맞지 않는 부분이 있지. 수 2와 관련된 식을 이용해서 3으로 만들 수는 없으니까. 방정식의 성질을 가만히 들여다보면, 변하지 않는 값이 있다네. 바로 '차수'지. 물론 이것은 각도를 재는 것과는 관련이 없는 거라네. 여기서 말하는 '차수'란 우리가 풀려고 하는 방정식의 종류를 나타내주는 정수라고 할 수 있지.

차수의 성질을 보면 3차 방정식을 1차 방정식과 2차 방정식으로 나누거나 혹은 1차 방정식 3개로 쪼갤 수 있는 경우에만 제곱근을 이용해서 3차 방정식을 푼다는 것을 알 수 있지.

하지만, 단순히 계산을 보면, 각을 3등분하는 것과 관련된 3차 방정식은 그렇지 않다네. 이런 3차 방정식은 쪼개지지 않지. 특히 주어진 각도가 60도인 경우에 그렇지. 그렇기 때문에 3차 방정식은 제곱근만 사용해서는 풀리지가 않는다네. 사실 그런 식으로 3차 방정식을 풀 수 있다면 3이라는 정수는 짝수가 되어야 하겠지만, 그러면 말이 되지 않는다네.

자세한 설명은 하지 않기로 하겠네. 만약 자네가 원한다면 대수학 기본서에 이것과 관련한 내용이 많을 테니까. 하지만, 이 이야기를 명확하게 이해하길 바라네. 기하학을 대수학으로 바꿈으로서 우리는 각의 3등분 문제를 다시 재구성했지(각의 3등분 문제 말고도 작도의 어느 것도 이렇게 만들 수 있지). 그래서 이 문제를 대수학 문제로 바꾸었고. 우리가 원하는 작도와 관련된 수를 제곱근을 이용해서 표현할 수 있나? 우리가 여기서 관련된 수에 대한 유용

한 내용을 알고 있다면, 이 문제를 대수학적인 관점에서 풀 수 있
겠지. 이 경우, 대수학은 각이라고 알려져 있는 불변의 값인 차수
덕분에 이러한 작도가 불가능함을 말해주지.

이것은 똑똑하냐 아니냐의 문제가 아니네. 자네가 아무리 교묘
하게 하더라도 의도한대로 정확하게 작도를 할 수 없을 테니까.
물론 매우 정확할 수도 있지. 안타깝게도 실제로 모든 시도는 정
확하지 않다네. 언더우드 더들리의 『3등분의 예산A Budget of Trisections』이
라는 책을 한번 보게나. 절대 정확할 수 없지. 이것은 각을 3등분
하는 다른 방법을 찾는 문제가 아니라네. 나는 각을 3등분했다고
주장하는 사람들이 잘못하고 있다는 것에 대해 신경 쓰지 않는다
네. 문제는 그들이 옳다면, 그들 증명에 따르면 3이 짝수가 되어
야 하기 때문이지.

그렇게 주장함으로써 그들은 역사 책에 기록을 남기고 싶어 하
는 것일까? 그들은 포기하지 않는다네. 어떤 논리적인 증명이라
도, 그들이 스스로 옳다고 믿는 한 그들을 막을 수 없지.

'차수'라는 불변 값은 정17각형을 만들 수 있지만 정7각형을
만들 수 없는 이유를 설명해준다네. 대응하는 방정식의 차수는 변
의 개수보다 하나 적은 것으로 밝혀졌다네. 16과 6처럼 말이야.

16은 2의 4제곱이기 때문에 4개의 이차 방정식을 풀어서, 17각
형을 만들 수 있지. 하지만 6은 2의 거듭제곱이 아니기 때문에 이
경우에는 다각형을 만들 수 없지. 경험상, 각을 3등분하는 것은
이런 생각에 맞지 않지만, 모순적이게도 각을 완전히 3등분한다

면 7각형을 만들 수도 있다는 결론이 나오지.

수학에는 이것 말고도 풀 수 없는 문제들이 많지. 각을 3등분하는 것은 고대 그리스 기하학자들이 만들어낸 '고대의 문제들' 중 하나지. 그리스인들은 눈금 없는 자와 컴퍼스보다 더 복잡한 도구를 가지고 이 세 가지 문제를 푸는 방법을 알고 있었지. 하지만 그것이 그들이 알고 있는 유일한 방법이었을 걸세.

후에 수학자들은 더 좋은 방법으로 풀 수 있을까 궁금증을 가지게 되었고, 결국 더 좋은 방법으로는 풀 수 없다는 것을 깨달았지. 과거의 문제 중 다른 두 개는 원을 정사각형으로 만드는 문제와 정육면체를 복제하는 것이었지. 그것은 전통적인 방법을 사용해서 주어진 원과 똑같은 면적의 사각형을 만들거나 혹은 주어진 정육면체의 부피보다 두 배 큰 정육면체를 만드는 문제였다네. 현대적인 관점에서 보면 이러한 문제들은 π와 2의 세제곱근을 사용하는 것이 요구되네. 두 문제 모두 비슷한 방법을 통해 불가능함을 증명할 수 있지. 사실, 2의 세제곱근은 3차 방정식을 만족시키지. 즉 세제곱하여 2가 되는 수를 찾는 것이지. π는 어떤 대수 방정식도 만족시키지 못하지만, 좀 다른 문제라네.

순수수학? 응용수학?

응용수학자가 간략하게 표현한 것처럼 순수수학은 추상적인 상아탑의 지식으로
실질적인 적용과는 관련이 없지. 여기에 대해서 완고한 순수수학자들은 응용수학이
학문적으로 튼튼하지 못하고 줏대가 없고 이해를 하는 대신 숫자만 두들기는 것이라고
대답한다네. 모든 캐리커처처럼 각 주장은 어느 정도 진실성을 담고 있지.
하지만 자네는 그런 주장을 말 그대로 받아들여서는 안 되네.

사랑하는 멕에게.

대학원 수학과 1학년이 되어 전공과목을 정할 때, 많은 사람
들이 순수수학을 할 건지 응용수학을 할 건지 먼저 정하라고 이야
기해줄 것이라네.

여기에 대해 간단하게 답하자면, 자네는 둘 다 해야 한다는 거
야. 좀 더 설명하자면, 순수와 응용을 구분한다는 것은 도움이 안
되고, 분리한다는 것은 말도 안 되기 때문이지. '순수'와 '응용'
은 우리가 공부하는 과목에 두 가지로 접근한 것이야. 하지만 그
렇다고 해서 순수와 응용이 서로 경쟁하는 관계는 아닐세. 물리학
자 유진 위그너는 자연 세계에 대한 통찰을 제공하는 "수학의 비
이성적인 효과"에 대해 말한 바 있지. 그가 선택한 단어를 보면

그가 순수수학을 이야기한다는 것을 알 수 있네. 현실세계와 무관한 것처럼 보이는 추상적인 공식이 그토록 많은 과학 영역과 관련을 맺고 있는 것은 왜일까? 사실 순수수학은 과학과 많은 연관성이 있다네.

수학에는 여러 형식이 있지. 순수와 응용으로 구분되어 있긴 하지만, 순수와 응용은 수학을 일직선에 늘어놓았을 때 점 두 개에 지나지 않지. 순수수학은 논리와 철학과 합쳐지고, 응용수학은 수학적인 물리학과 엔지니어링과 합쳐진다네. 물론 나름대로 성격이 있기는 하지만, 그렇다고 해서 스펙트럼 상 완전히 상극에 놓여 있지는 않지. 역사적인 우연에 인해 순수와 응용은 수학계에서 행정상의 편의에 따라 분류되었지. 그리고 많은 대학들은 순수수학과와 응용수학과를 분리하고 있다네. 그들은 매번 치열하게 싸우지만, 최근에야 비로소 잘 지내는 것 같네.

응용수학자가 간략하게 표현한 것처럼 순수수학은 추상적인 상아탑의 지식으로 실질적인 적용과는 관련이 없지. 여기에 대해서 완고한 순수수학자들은 응용수학이 학문적으로 튼튼하지 못하고 줏대가 없고 이해를 하는 대신 숫자만 두들기는 것이라고 대답한다네. 모든 캐리커처처럼 각 주장은 어느 정도 진실성을 담고 있지. 하지만, 자네는 그런 주장을 말 그대로 받아들여서는 안 되지.

자네는 종종 과장된 행동과 접할 경우가 있을 걸세. 여성이 수학과 과학을 잘 못한다고 믿는 사람들을 종종 만나는 것처럼 말이야. 그들을 무시해버리게. 자신들은 알지 못하지만, 그들의 시대는 지나갔다네.

티모시 포스턴은 내가 35년 동안 알고 지낸 동료라네. 그는 1981년 『수학의 내일 Mathematics Tomorrow』이라는 책에서 아주 날카로운 글을 썼다네. 그는 순수수학의 '순수성'은 게으른 공주가 선하고 정직한 일을 손수 하기를 거부한다는 의미가 아니라, 방법의 순수함이라고 말했지. 순수수학에서는 아무리 그럴듯해 보이는 것이라도 지름길이나 정당화되지 않은 결론으로 바로 넘어갈 수 없지. 티모시는 이렇게 말했지. "개념은 수학의 소금이다. 소금이 그 풍미를 잃어버린다면, 응용에 있어 무엇으로 맛을 내겠는가?"

1970년대에 순수와 응용의 중간 단계인 '응용 가능한 수학'이 등장했지. 하지만 그 이름은 사실 정립되지 않았다네. 나는 수학의 모든 영역이 잠재적인 적용 가능성이 있어야 한다고 생각하네. 비록 『동물 농장』에서의 평등성처럼 어떤 경우는 좀 더 적용이 많이 되고, 어떤 경우는 좀 덜 되는 경우는 있지만 말이야. 나는 모든 수학을 통틀어서 수학이라고 불렀으면 좋겠네. 그리고 응용수학과 순수수학을 그냥 수학과로 합치는 것이 옳다고 생각하네. 요즘 들어서는 인위적으로 경계를 나누지 말고, 수학과 과학의 중첩되는 부분을 단일화하자는 주장이 나오고 있지.

우리가 지금 이 단계까지 오기 위해서는 시간이 좀 걸렸다네.

사실 오일러와 가우스가 살던 시대인 18세기에는 수학의 내부 구조에 대해 구분하지 않았다네. 수학을 그냥 있는 그대로 받아들였지. 오일러는 어느 날은 배 돛대의 배열에 대한 글을 쓰고, 다른 날은 타원형 적분에 대해 썼다네. 가우스는 정수론 덕분에 명성을 얻게 되었지. 여기에는 2차 방정식의 상호관계와 같은 훌륭한 이론도 들어 있지. 하지만 그는 처음 알려진 소행성 케레스의 궤도를 계산하는 일에도 시간과 노력을 기울였다네. 행성들 사이에 일정한 거리가 있다는 티티우스-보데 법칙은 화성과 목성 사이를 도는 알려지지 않은 행성이 있다는 것을 예견했지. 1801년, 이탈리아 천문학자 주세패 피아치는 적절한 궤도에 행성체가 있다는 것을 발견했고, 그것을 케레스라고 명명했지. 케레스 관측은 너무 빈약해서 태양 뒤에서 다시 케레스가 등장했을 때, 천문학자들은 그 위치를 찾아내지 못했지. 가우스는 이 궤도를 계산하는 방법을 찾아냈고, 최소 제곱 공식 같은 것을 고안해냈어. 이 작업으로 가우스는 유명해졌고, 천체 운동 분야에 입성하게 되었지. 그렇지만, 그는 순수수학에서 많은 업적을 남긴 것으로 기억된다네.

가우스는 지질학 조사를 하기도 했고, 전보를 발명했지. 어느 누구도 그가 실용적이지 않다고 비판하지 못했다네. 응용수학 부문에서 그는 천재였지. 하지만 순수수학 분야에서는 거의 신과 같았다네.

19세기에서 20세기로 넘어가는 시점에 수학은 한 사람이 모든 것을 떠맡기에는 너무 큰 영역이 되어버렸다네. 그래서 사람들은 전문화하기 시작했지.

연구자들은 주로 자기들이 응용하는 방법과 관련된 수학 분야로 옮겨갔지. 신기한 패턴 풀기를 좋아하고 논리적인 구조를 좋아하는 사람들은 수학에서 좀 더 추상적인 부분인 증명을 공부할 필요가 있었지. 실질적인 답을 구하기를 원하는 사람들은 물리학이나 엔지니어링 쪽으로 옮겨갔다네.

1960년 무렵, 이렇게 사람들이 나뉘면서 분야가 분리되었지. 순수수학을 공부하는 학자는 해석학, 위상기하학, 대수학을 주류라고 생각했는데, 그들은 실질적인 것을 생각하는 사람들은 적합하지 않다고 생각하는 추상적인 영역으로 들어갔지. 한편 응용수학자들은 논리적인 경직성을 감수하면서 대신 어려운 방정식 풀이에 몰두했지. 정확한 답을 구하는 것보다 답을 얻는 것이 더 중요해졌고, 합리적인 해법으로 이어지는 논쟁은 모두 수용 가능한 것으로 받아들여졌네. 왜 그게 응용이 되는지 어느 누구도 설명할 수 없는 경우에도 말이야.

많은 사람들이 논쟁에 개입했지만, 수학적인 활동을 하나의 형태로 제한하는 데는 실패했지. 어느 누구도 순수수학이 좋고 응용수학이 나쁘다고 말할 만한, 혹은 그 반대라고 주장할 만한 좋은 이유를 찾지 못했다네. 하지만 사람들은 어느 쪽이든 방향을 정했지. 순수수학자들은 그들이 한 연구가 어떻게 응용되는지 상관하지 않았어. 하디와 같은 사람들은 실질적으로 응용되지 않더라도 자기 연구에 대한 자부심이 있었다네. 되돌아보면, 그럴 만한 충분한 이유가 있지. 일반성을 찾는 과정에서 수학 구조를 자세히 들여다보게 되고, 그로써 그 주제의 기반에 있는 큰 구멍을 찾아내는 거지. 어느 누구도 부정하지 못했던 가정이 틀린 것으로 판명되는 경우가 있었네.

예를 들면, 모든 사람들이 연속 곡선은 반드시 잘 정의된 접선을 가지고 있다고 생각한다네. 물론 거의 모든 곳에 접선이 있지만 변곡점 부분에는 그 논리가 적용되지 않아. 그렇기 때문에 '모든 곳'이라는 표현은 너무 강한 것이지. 그래서 모든 연속 함수는 거의 모든 곳에서 미분이 불가능하다고 말해야 옳지.

하지만 그렇지 않다네. 바이어 슈트라스는 어디에서도 미분이 불가능한 간단한 연속 함수를 발견했다네.

그것이 중요한 문제일까? 사실 100년 동안 푸리에 해석이라고 알려진 분야에서 이런 비슷한 문제 때문에 어려움을 겪었지. 어느 누구도 어떤 정리가 옳고 그른지 판별하지 못했다네. 그렇다고 해서 엔지니어들이 푸리에 해석을 응용하지 못한 것은 아니지. 하지만 이렇게 모든 영역을 구분하려는 노력 때문에 측도론^{measure theory}이 만들어졌지. 이 이론은 후에 확률 이론의 근간을 제공했지. 또 하나는 프랙탈 기하학이 있네. 이 분야는 자연의 불규칙성을 이해하기 위해 가장 촉망받는 분야지. 엄격한 이론 때문에 수학적인 구상을 직접적으로 적용하는 데 영향을 주는 경우는 거의 없지. 하지만 이런 문제를 구분하는 행위는 종종 새로운 아이디어, 즉 적용 분야에서 중요한 아이디어를 낳게 되지. 구분하지 않았다면 찾아내기 힘들었을 그런 아이디어 말이야.

개념상의 어려운 문제를 그냥 방치하는 것은 카드 돌려막기를

하는 것과 같다네. 자네는 얼마 동안은 버틸 수 있겠지만, 나중에
는 감당할 수 없게 되지.

푸리에 해석을 구분하기 위해 필요한 수학적 사고 형식은 순수
수학자들 사이에서도 익숙하지 않은 거라네. 새로운 정리를 증명
하는 것이 아니라 아주 어려운 예시들을 만들어내서 과거의 이론
에 제약을 가하는 것이 목표인 것처럼 보인다네. 많은 순수수학자
들은 이렇게 제시된 예들에 대해 혼란스러워하고, 그런 예들을
‘병’ 혹은 ‘악마’라고 생각하며, 그냥 없어져버리기를 바란다네.
1900년대 초반 저명한 수학자인 데이비드 힐버트는 이에 반대했
고, 새롭게 등장한 영역을 “천국”이라고 언급했지. 수학자들이 그
가 말하고자 하는 것을 이해하기까지는 시간이 좀 걸렸지. 하지만
1960년대경 수학자들은 힐버트의 의견을 받아들였고, 너무 큰
수학 이론의 내부적인 어려움을 밝혀내는 데만 역량을 집중한 게
아닌가 생각했지. 만약 자네가 위상기하학을 이해했지만 세로매
듭과 맞매듭을 구분하지 못한다면, 응용을 걱정하는 것은 무의미
하네. 응용은 우리가 문제를 풀 때까지 기다려야 하지. 아직 톱을
갈고 있는데, 칵테일 캐비닛을 만들 것이라는 기대는 하지 말아
주게.

물론 상아탑처럼 보이겠지. 하지만 수학자들은 가장 중요한 수학
의 창조력은 자연 세계와의 연결이라는 사실을 잊지 않고 있다네.

이론이 점점 강력해지고, 구멍이 메워질수록, 개인들은 새로운
도구를 꺼내 들고 이론을 사용하기 시작하지. 그들은 응용수학자

에 속해 있는 영역으로 들어간다네. 응용수학자들은 순수수학자들의 방법에 대해 불편한 기분을 느끼지.

마크 캑은 다른 응용 분야에도 관심이 많았던 확률학자지. 그는 순수수학자들이 이미 응용된 문제들을 추상적인 형태로 다시 재구성하는 것에 대해 매우 날카로운 글을 썼지. 그는 순수수학자들의 방법을 "탈수증 걸린 코끼리"의 발명에 비유했다네. 기술적으로 어렵지만 아무짝에도 쓸데없는 것을 일컫는 말이지.

내 친구 티모시 포스턴은 이것은 잘못된 비유라고 이야기했지. 사실 탈수증 걸린 코끼리를 만드는 것은 그리 어렵지 않네. 중요한 기술적인 문제는 사실 다른 것이라네. 기술적인 문제는 물을 부었을 때 다시 완전히 제대로 기능을 하는 코끼리를 만들 수 있다는 것을 보장해야 한다는 것이지. 그는 이렇게 말했네. 한니발은 로마에서 행진할 때, 대량의 탈수증 걸린 코끼리를 이용해서 행진을 할 수 있었다고.

캑의 말에도 일리가 있다네. 추상적인 재구성은 그 자체가 목적이 아니라는 거지. 하지만 그가 제시한 예는 자신의 생각을 완전히 망쳐버렸다네. 내 장인어른도 1950년대에 똑같은 실수를 저질렀다네. 장인어른은 당시 대부분의 대중 스타들이 영원하지 않다고 말했는데, 그 예로 엘비스 프레슬리를 들었거든. 캑이 예로 든 전형적인 탈수 코끼리는 스티븐 스메일이 사교기하학에서 사용했던 전형적인 기술을 조금 변형한 것이지. 너무 근사해서 이 새로운 기하학을 증명할 수는 없었지만, 스메일의 생각이 위상기하학을 물리학에 응용한다고 말하기에는 무리가 없었지.

또 하나, 수학의 추상성에 대해 일침을 가한 사람이 존 해머슬리라네. 실용적인 문제 해결가였던 해머슬리는 1960년대의 '새로운 수학'이 전 세계적으로 학교를 장악하는 데 대해 공포심을 느꼈지. 2차 방정식을 푸는 것보다는 뫼비우스의 띠를 만들고 얼마나 많은 면과 모서리가 생기는지 공부하는 것에 대해 당황했거든. 1968년 그는 아주 유명한 비판을 썼어. "'현대 수학', 그리고 이와 유사한, 학교와 대학의 말랑말랑한 지식 쓰레기에 의한 수학 기술의 약화"라는 것이었지.

캑과 마찬가지로 그의 말에도 일리가 있지. 하지만 쓰레기라고 말할 정도로 어떤 것을 너무 확고하게 부정하지만 않았다면 더 좋았을 거야. '추상'이라는 단어는 동사인 동시에 형용사지. 일반성은 구체적인 것에서 추상적인 것을 뽑아낸 것이지. 그렇기 때문에 추상적인 것을 하기 전에 구체적인 것을 가르치는 것이 최선의 방법이야. 하지만 1960년대 말에 교육자들은 구체적인 것을 버려버렸지. 그들은 $7+11=11+7$임을 아는 것이 그 답이 18이라는 것보다 더 중요하다고 생각했네. 그리고 a, b가 뭔지 몰라도 $a+b=b+a$임을 아는 것이 더 중요하다고 생각했네. 나는 왜 해머슬리가 화가 났는지 알 수 있지. 하지만…….

오늘날의 관점에서 보면, 그는 반사적인 반응을 보이는 사람인 것 같아. "말랑말랑한 지식 쓰레기"는 아주 유용하고 중요한 생각으로 구성되어 있지만, 그 생각은 고등학교가 아닌 대학에서만 가르칠 수 있는 것이라네. 이 영역에서 수학자들은 일반적이고 추상적으로 되어야 하지. 그렇지 않다면 진보를 이룰 수가 없다네. 21세기에서 1960년대를 바라보세. 그 당시의 연구는 정말 알찬 열매였다네. 내 생각에 해머슬리는 새롭게 응용을 하려면 새로운 도구가 필요하다는 것을 이해하지 못했고, 그런 이론들은 순수수학자들에 의해 만들어진다는 것을 몰랐던 거지.

해머슬리가 "말랑말랑한 지식 쓰레기"라고 40년 전에 비판했던 것을 이용해서 나는 오늘날 유체역학과 진화생물학, 신경과학에 관한 문제를 푼다네. 대칭성의 기본 언어인 군 이론을 이용해서 패턴 형성의 일반성을 이해하고, 이런 생각들을 과학의 많은 영역에 응용한다네. 나 말고도 수백 명의 수학자들이 수학, 물리학, 화학, 천문학, 엔지니어링, 생물학 분야에서 응용하지.

"실질적인" 것에 대해 자랑스러워하는 사람들은 그렇지 못한 사람들만큼이나 나를 성가시게 하지. 토머스 미드글리라는 화학자가 생각나는데, 그는 평생 두 가지 중요한 발명을 했지. 프레온과 유연휘발유가 그것이지. 프레온은 염화불화탄소(CFC)인데, 이런 화학물질은 오존층에 구멍을 내지. 지금은 사용이 금지된 가스라네. 휘발유에 있는 납도 사용이 금지되었는데, 사람들 특히 아이들의 건강에 악영향을 주기 때문이지. 실용성에만 초점을 맞추다 보면 후에 치명적인 문제를 야기할 수 있다네.

수학을 어떻게 해야 하는지에 대해 자신의 의견을 주장하는 사람들은 수학을 하는 데 한 가지 방법만 있다고 생각하면 안 되네.

나는 다양성을 존중하네. 그리고 자네도 나와 마찬가지였으면 좋겠네. 나는 또한 상상력을 존중하고, 자네가 자네만의 상상력을 발휘했으면 하네. 지금 유행하는 것이 앞으로도 항상 그렇지 않다는 것을 판별하기 위해서는 상상력과 회의론적인 시각을 동원해야 하지. 또는 동료들이 쓸모없는 것이라고 일축해버린 것이 나중에 중요한 것이 될 수도 있다네.

마음을 활짝 열되, 자네 중심을 잃지 말게.

몇 년 동안 수학의 새로운 영역 몇 가지가 다양한 곳에서 등장했는데, 이런 문제들은 실제 세상에서의 질문에 의해 제기된 것들이거나 혹은 추상적인 이론에서 발췌된 것들이야. 왜냐하면 누군가가 그 문제에 대해 흥미로움을 느꼈기 때문이지.

어떤 이론들은 언론의 관심을 받았지. 프랙탈 기하학, 비선형 역학(카오스 이론) 그리고 복잡계 이론의 경우, 언론의 관심이 집중되었다네. 프랙탈은 양치류의 식물이나 산처럼 확대되는 모든 모양이 비슷한 세부 구조를 가지고 있는 것을 말하네. 카오스는 일정한 법칙에 의해 비규칙적인 행동이 나타나는 것을 의미하지. 날씨처럼 말이야. 복잡계는 간단한 구조 내에서 벌어지는 엄청난 양의 상호작용을 모델화한 것이지. 예를 들면, 주식시장에서 거래하는 사람들처럼 말이야. 전문적인 문학과 수학 잡지에서 자네는 이런 영역에 쏟아지는 비판을 볼 수 있을 걸세. 하지만 이는 너무 뻔한 반응이지. 즉 100년 동안 존재하지 않았던 것은 모두 무시해버리는 행동이지. 사실 비평가들을 가장 화나게 하는 것은 이런 새로운 분야가 아니라 언론에 부각되었다는 사실이라네. 그들은 자기 영역이 더 우수하다고 생각하지만 언론의 관심을 못 받기 때문이지.

예를 들면 프랙탈과 카오스가 과학에 얼마나 커다란 영향을 주었는지 쉽게 알 수 있을 거야. 《네이처》나 《사이언스》를 읽으면, 화학 반응이 일어나는 동안 분자들이 어떻게 쪼개지는지, 가스가 많은 행성이 새로운 위성을 어떻게 포착하는지, 생태계에서 각 종들이 어떻게 자원을 분배하는지 연구하는 데 그것들이 쓰인다는 걸 알 수 있을 걸세.

과학계는 이런 사실을 오래 전에 받아들였고, 이제는 더 이상 이를 사용하는 것이 특별한 일이 아닌 게 되어버렸지. 하지만 과학의 폭넓은 부분을 보지 못하는 몇몇 보수주의자들은 여전히 이런 영역이 중요한지에 대해 논쟁을 벌인다네. 나는 그들이 20년 정도 시대에 뒤처진 사람들이라고 생각하네. 9,000일 동안이나 생존했고 지금도 한창 진행되는 것을 가지고 잠시 떠들썩하게 떠도는 소문으로 치부해버려서는 안 되지.

이런 사람들은 더 많은 것을 알 필요가 있다네.

캑과 해머슬리 모두 자기 영역에서는 창의적이었지. 그들의 행동은 모두 상상력이 풍부하고 진보적이었지. 그래서 그들을, 너무 예민하게 반응하는 수학자로 못 박는 것은 불공평할 수도 있어. 그들은 자신들의 시대에 상식으로 여겨졌던 행동을 표출했을 뿐이니까.

잭은 확률 이론에서 주목할 만한 진전을 이루었어. 2004년《인디펜던트》금요일판 부고란에 그의 업적에 대한 이야기가 실렸지. "해머슬리는 아름다운 문제를 제기하고 풀었다. 그는 은퇴할 때 수학자들과 물리학자들로부터 상을 받고 기뻐했다. 그 상은 그가 이룬 업적을 기리기 위해 만들어진 것이다." 하지만 거기에는 이런 내용이 덧붙어 있었지. "모순적이게도 최근의 발전은 해머슬리가 좋아하는 실질적인 테크닉보다는 일반 이론에 의해 이루어졌다."

이것은 모순적일지 모르지만, 예측 가능한 것이었다네.

해머슬리는 응용수학자들 중에서 우선 만들고 나중에 고치자는 사고방식을 가진 세대에 속해 있었지. 요즘에는 그 일에 걸맞은 도구를 갖추는 것에 많은 사람들이 관심을 가지고 있다네.

우리는 기술적 능력, 필요성이 폭발하는 세계에 살고 있네. 새로운 질문이 제기되면 새로운 방법이 나와야 하며, 상황이 아무리 실용적인 것을 요구해도 방법의 순수성은 중요하다네. 만약 직관적인 도약이 창조적인 방향으로 이끈다면 설사 처음에는 증명되지 않는 내용이라 할지라도 중요하다네. 새로운 수학은 새로운 이해의 초석이니까.

다시 위그너와 그가 쓴 에세이에 대해 이야기하겠네. "자연과학에서 수학이 미치는 비이성적인 효과."

위그너는 수학이 우리에게 자연에 대해 무얼 가르쳐주는지 그 효과에 대해 궁금해했던 것은 아니네. 많은 사람들이 이 문제를 제기했고, 아주 훌륭한 대답을 제시했지. 수학자의 이야기가 없더라도 수학의 발전은 항상 실제 세계와 상징적인 혹은 답을 얻기 위해 고안된 기하학적인 방법 사이의 쌍방향 거래였다네. 물론 수학은 자연을 이해하는 데 효과적이지. 하지만 그건 수학이 자연에서 비롯된 경우에만 그렇다네.

내 생각에 위그너는 더 심오한 문제를 걱정했을지도 모르지. 어떤 사람이 화성의 타원형 궤도와 같은 실제 세계의 문제로부터 시작해서 그것을 설명하기 위해 수학적인 설명을 만들었다고 해도 그렇게 놀랄 일은 아니지. 이것이 바로 뉴턴이 중력의 법칙, 운동의 법칙, 미적분 법칙을 설명할 때 사용한 법칙이지. 하지만 왜 똑같은 도구(이 경우 미분 방정식)가 서로 관계없는 공기역학 혹은 인구생물학의 문제에 중요한 통찰력을 제공했는지 설명하는 것은 더욱 어렵다네.

수학의 효과는 여기서는 '비이성적인 것'이 되지. 데이바 소벨이 『경도^{Longitude}』에서 설명했듯이, 시간을 말하기 위해 시계를 발명하고는 그 시계가 항해에도 도움이 된다는 것을 발견한 것과 같지. 이것은 실제로 일어난 일이라네.

실제 세계에서 나온 생각이 어떻게 완전히 다른 문제를 푸는 데 이용될 수 있을까?

몇몇 과학자들은 우주가 실제로 수학으로부터 만들어졌기 때문이라고 믿고 있다네. 존 배로는 이렇게 말했다네.

"기초 물리학자들에게 수학은 좀 더 설득적인 것이다. 일상적인 경험으로부터 더 배우고 실제 세계에 대해 이해하게 되면 우리가 발전하고 진화하는 데 필요한 것이 무엇인지 알게 되고, 그러면 그럴수록 수학이 많은 기능을 한다는 것을 알게 되는 것이다. 우리 내부 공간 혹은 천체 밖에서 수학의 예측은 항상 정확했다. 그렇기 때문에 수학이 단지 문화적인 산물이라고 생각하는 것은 정말 잘못된 것이며 세상을 설명하기에 효과적인 방법이라고 설득할 수 있었다. 만약 세상이 심오한 차원에서 수학적인 것이라면, 수학은 절대로 파괴되지 않는 유추라 할 수 있다.”

이게 사실이라면 정말 좋겠지. 하지만 또 다른 설명도 있다네. 좀 덜 신비스럽고 덜 원론적인 것이지만. 아마 확신이 덜 가는 내용일 수도 있다네.

미분방정식과 시계는 도구지 답이 아니라네. 좀 더 일반적인 맥락에서 원래 문제를 포함하고 그 맥락을 이해하기 위해 일반적인 방법을 적용하는 데 작동한다네. 이런 일반성은 다른 곳에서도 유용하게 쓰일 수 있는 가능성을 높인다네. 그렇기 때문에 이 미분방정식의 효용성은 합리적이지 않은 것처럼 보이는 거지.

자네가 어떤 도구를 유용하게 쓸지 항상 예측하기는 어렵다네. 둥근 나무 조각을 굴대에 달면 물건을 옮기는 데 유용한 바퀴가 되지. 원주 둘레에 홈을 파고 밧줄로 감으면 그 바퀴는 도르래가 되지. 도르래를 이용하면 물건을 옮기는 것이 아니라 들어 올릴 수 있네. 나무 대신 금속으로 바퀴를 만들고, 홈 대신 이빨을 사용하면 기어가 탄생하는 거지. 자네는 기어와 도르래와 샹들리에 등

무게가 나가는 것, 고대 해시계에서 나온 시계 판 같은 것을 합할 수 있지. 그러면 자네는 시간을 말해주는 기계, 즉 맨 처음 바퀴를 만들었던 사람이 전혀 상상치도 못했던 시계를 만들게 되겠지. 1960년대 순수수학자들은 1980년대에 모든 사람들이 이용할 수 있는 도구를 만든 셈이지.

자, 자네는 순수수학을 공부할 텐가? 응용수학을 공부할 텐가?

둘 다 아니네. 자네는 가까이 있는 도구를 이용해 그것을 익숙하게 다루고 변조해서 다른 연구 과제에 적용될 수 있도록 만들고, 필요로 하는 새로운 것을 만들어야 하네.

그런 기발한 생각은
어디서 나오는 건가?

하지만 작가는 무에서 유를 창조하지는 않지.
그들은 과학 잡지를 읽는 등 다양한 활동을 통해 아이디어를 얻는다네.
그리고 항상 아이디어를 얻기 위해 안테나를 곤두세우지.
수학자들도 같은 방법으로 아이디어를 얻는다네. 수학자들은 수학 잡지를 읽고,
응용에 대해 생각해보고, 항상 안테나를 쫑긋 세우고 있지.
여전히, 가장 좋은 방법은 신선한 사고를 하는 것이지.

사랑하는 멕에게.

연구를 멋지게 보이도록 하는 것은 쉽지. 사람들의 한계를 뛰어넘는 문제들과 씨름하고 수천 년 동안 반박될 수 없는 발견을 한다는 사실이 정말 멋지지 않나? 하지만 실제 연구는 결코 그렇지 않다네. 연구를 하려면 마음, 시간, 생각, 일할 수 있는 장소, 좋은 도서관, 컴퓨터, 복사기, 초고속 인터넷이 있어야 하지. 자네가 박사과정에 있으면 이 모든 것들이 제공될 걸세. 물론 자네의 마음, 시간, 생각은 제공해줄 수 없지만 말이야. 그런 것은 자네 스스로 갖추어야 하는 것일세.

물론, 이건 꼭 필요한 것이지. 그리고 이것 없이는 다른 것들도 소용없게 되지. 보통 학생들은 연구 과제나 석사 논문에서 원래의 사고에 대한 어떤 증거를 보여주어야만 박사 과정을 밟을 수 있

지. 창의성은 자네가 가지고 있거나 혹은 가지고 있지만 자네가 발휘하지 않는 것일 수 있지 창의력은 가르친다고 생기는 것이 아니라네. 창의력은 타고났거나 잠재되어 있지. 창의력 입문이라는 과목에서 교과서를 읽고 시험을 통과한다고 해서 생기는 능력은 아니라네.

자, 이런 점에서 나는 어느 누구도 충분한 교육을 받으면 무엇이든 달성할 수 있다고 생각하는 기존 교육심리학자들의 의견에 동의하지 않네. 천부적인 음악가도 연습을 많이 하는 것을 보면서, 심리학자들은 재능은 연습에서 나온다고 생각했고, 모든 지적 활동에서도 마찬가지라는 일반론을 만들어냈지. 하지만 그들의 믿음은 별로 좋지 않은 실험 설계에 기초하고 있었다네. 자신들의 이론을 증명하기 위해 그들은 우선 음악적 소질이 없는 사람들, 예를 들어, 음치인 사람들로부터 출발해야 하지. 그들 중 절반은 훈련을 시키고, 나머지 절반은 통제 그룹으로 놔둔 다음, 훈련을 받으면 음악적 재능을 더 많이 보이고, 훈련을 받지 않으면 그렇지 않다는 것을 보여주어야만 하네.

나는 훈련을 받으면 실력이 향상된다는것을 확신하네. 물론 애초에 소질이 없다면, 연습을 한다고 해도 훌륭한 음악가가 되지는 않겠지만 말이야. 하지만 나는 모차르트가 아니라네. 음악적 재능이 조금 있기는 하지만, 충분하지 않지. 연습을 덜 해서 훌륭한 음악가가 되지 못한 것은 아니라네. 연습을 하면서 나는 어느 정도 수준급 실력을 갖게 되었지. 대학생 시절, 나는 록 밴드에서 기타를 쳤어. 하지만 내가 연습을 한다고 해서 지미 헨드릭스나 에릭 클랩튼이 되지는 않지. 에드워드 불워 리턴은 이렇게 말했다네. "천재는 해야 할 것을 하고, 재능은 할 수 있는 것을 한다." 나는 무엇이 부족한지 알 수 있을 정도의 음악 실력은 가지고 있었지.

나는 분명 수학적 재능을 가지고 있네. 열 살 때, 나는 학급에서 수학을 가장 잘했지. 연습을 많이 해서 수학을 잘하게 된 것은 아니라네. 내겐 비밀이 있는데, 그건 바로 수학을 거의 공부하지 않았다는 거지. 나는 수학을 공부할 필요가 없었네. 내 학급 친구들은 아마 내가 수학 시험에서 높은 점수를 받기 위해 몇 시간씩 공부를 한다고 생각했겠지. 만약 내 친구들이 내가 수학 숙제를 하는 데 많은 시간을 투자하지 않았다는 것을 알면 나를 가만두지 않으려고 했겠지.

내가 처칠 대학과 케임브리지 대학에서 학부생이었을 때, 내 친구 한 명이 수학 학위를 받았다네. 그는 매일 12시간씩 공부했지. 나는 하루에 한두 시간 정도 투자했지. 그리고 연말 시험이 다가왔네. 당시 영국에서는 학기말 시험이 없었지. 6월까지 기다려서, 1년 동안 공부한 모든 과목을 시험 보는 것이었다네. 그래서 나는 1년을 통틀어 공부한 양보다 많은 양을 4월, 5월에 집중적으로 공부했지. 내 친구는 밤 늦게까지 공부했지만, 나는 술집에 가서 맥주를 마시며 다트 놀이를 즐겼다네. 내 친구가 그렇게 열심히 공부한 보상은 무엇이었을까? 내 친구는 간신히 시험을 통과했지. 나는 모든 과목에서 A를 받았고, 장학금을 받았어.

물론 재능이 있는 사람들이 열심히 공부하는 경우도 있지. 그들은 자신이 선택한 영역에서 중심이 되기 위해 열심히 공부해야 하지. 체력 단련을 소홀히 한 축구 선수는 열심히 한 선수들에게 금방 뒤처지겠지. 하지만 재능이 있는 사람들은 효율적으로 훈련을 받을 수 있다네.

내 생각에 심리학자들은 훈련의 역할에 대해 과대평가하고 있는 것 같네. 왜냐하면, 아동 발달 이론에서는 어린아이들이 백지장 같아서 모든 것을 입력하기만 하면 그대로 받아들인다고 믿기 때문이지. 이 이론은 『빈 서판 Blank slate』이라는 스티븐 핑커의 책에 의해 큰 타격을 받았지만, 여전히 이 이론을 신봉하는 사람들도 있지.

어쨌든 멕, 자네가 박사과정을 밟게 되었다는 것은 교수님들이 자네가 박사과정을 잘해나갈 능력이 있다고 믿었다는 뜻이지. 나는 자네에게 창의력 말고도 또 하나 중요한 요소인 신용이 있다고 생각하네. 자네는 연구를 원한다면서? 내 친구는 나에게 이렇게 말한 적이 있다네. "나는 누가 좋은 수학자인지 알 수는 없지만, 누가 열정을 가지고 있는지는 알 수 있다네." 어떤 사람들은, 우리 업계 용어로, 어느 정도 일반적인 수준의 능력만 있다면 열정과 에너지가 타고난 재능보다 더 중요하다고 말하지.

과학소설가가 되려면 창의력이 필요하지. 그들은 종종 이런 질문을 받는다네. "그런 기발한 생각이 어디서 나왔어요?" 전형적인 대답은 "우리가 만들었지요"라네. 나도 과학소설을 써봤기 때문에 그런 대답에 동의한다네.

하지만 작가는 무에서 유를 창조하지는 않지. 그들은 과학 잡지를 읽는 등 다양한 활동을 통해 아이디어를 얻는다네. 그리고 항상 아이디어를 얻기 위해 안테나를 곤두세우지.

수학자들도 같은 방법으로 아이디어를 얻는다네. 수학자들은 수학 잡지를 읽고, 응용에 대해 생각해보고, 항상 안테나를 쫑긋 세우고 있지.

여전히, 가장 좋은 방법은 신선한 사고를 하는 것이지. 마치 다른 행성에 사는 것처럼 완전히 다른 사고방식을 갖는 거야. 라마누잔*은 독학으로 공부한 인도의 수학자라네. 그의 인생은 아주 로맨틱한 것이었지. 그의 이야기는 로버트 카니겔의 『무한대를 알았던 사람The Man Who Knew Infinity』이라는 책에 잘 나와 있다네. 나는 라마누잔이 공식을 아는 사람이었을 것이라고 생각하네.

그는 아주 흥미로운 교재인 조지 카의 『순수 그리고 응용수학의 초보적인 결론 시놉시스A Synopsis of Elementary Results in Pure and Applied Mathematics』에서 많은 것을 배웠지. 이 책은 5,000개의 수학 공식을 나열해놓은 것으로, 우선 간단한 대수에서 시작해서 나중에는 복잡한 계산의 적분, 무한대의 합과 같은 공식을 적어놓았지.

이 책은 라마누잔의 생각을 바꾸는 데 큰 역할을 했지. 이 책이 아니었으면 그는 수학자가 되지 않았을 거야. 그는 이 책을 읽고서 수학의 진수는 공식의 도출이라고 생각하게 되었지. 왜냐하면 어느 누구도 다른 방법이 있다고 그에게 말해주지 않았기 때문이지.

수학은 그 이상이라네. 우선 증명에서 시작해서 개념의 구조가 있지. 새로운 공식도 어느 정도 역할을 했지만, 라마누잔은 공식을 다루는 데 아주 신기한 능력을 보여주었지. 그는 1913년 하디에게 자기가 만든 공식 몇 가지를 보내면서 서구 수학자들의 관심을 끌었다네. 이 목록을 본 하디는 자기가 이미 알고 있는 공식도 포함되었다는 것을 알았지만, 다른 공식들은 너무 신기한 것이어서, 라마누잔이 그런 아이디어를 대체 어디서 얻었는지 궁금해졌지. 하디는 라마누잔이 괴짜이거나 천재라고 생각했어. 하디와 그의 동료 존 리틀우드는 조용한 방으로 그 공식 목록을 들고 가서는 결정을 내릴 때까지 나오지 않았다네.

'천재'라고 하디가 판명한 후 라마누잔은 마침내 케임브리지로 와서 하디와 리클우드와 함께 연구를 할 수 있게 되었지. 라마누잔은 결핵 때문에 젊은 나이에 세상을 떠났지만, 오늘날에도 공식의 보물로 여겨지는 많은 책을 남겼다네.

대체 그 공식이 어디서 비롯된 것인가라는 질문을 받으면 라마누잔은 힌두 여신인 나마기리가 꿈에 나타나 그 공식들을 말해주었다고 답했지. 그는 사랑가파니 사원에서 자랐고, 나마기니는 그의 가족 신이었다네. 내가 이미 앞서 언급했지만 아다마르와 푸앵카레는 새로운 수학을 발견할 때 잠재의식의 중요한 역할에 대해서 강조한 적이 있었지. 라마누잔이 말한 나마기니 꿈은 그의 잠재의식 활동이 겉으로 드러난 것이라고 생각하네.

어느 누구도 라마누잔이 될 수는 없지. 그의 재능은 정말 불가사의한 것이었으니까. 나는 그의 재능을 이해하는 유일한 방법은 그 재능을 가져보는 것이라고 생각하네.

반대로 내가 새로운 아이디어를 얻는 법을 알려줄까? 나는 좀 더 평범하게 아이디어를 얻는다네. 나는 수학과 관련 없는 분야의 책을 읽기도 하지. 그렇게 하면 내가 이미 알고 있는 것을 떠올리면서 갑자기 좋은 생각이 문득 나타날지도 몰라. 동물의 이동에 관한 연구를 할 때가 그랬지.

이 아이디어의 기원은 1983년이라네. 나는 당시 휴스턴에서 마티 골루비츠키와 함께 연구하고 있었지. 우리는 주기 역학에서 시공간 패턴의 일반 이론을 만들었다네. 시간이 지날수록 같은 것을 반복하는 행동들을 지켜보는 것이었지. 가장 간단한 예가 시계추라네. 시계추는 주기적으로 좌우로 흔들리지. 만약 자네가 시계추를 거울 옆에 놓았다면, 반사된 시계추의 모양은 원래 모양과 완전히 똑같지. 하지만 차이점이 있어. 거울에 비친 시계추가 오른쪽에 있을 때, 사실 원래의 시계추는 왼쪽에 가 있는 것이지. 이 두 가지 상태는 절반의 주기만큼 시간 차가 있지. 그렇기 때문에 움직이는 시계추는 대칭성을 가지고 있고, 공간적인 변화(왼쪽-오른쪽)는 시간적인 변화에 상응하는 것이지. 이 공간-시간 대칭성은 주기 시스템의 패턴에 아주 기초적인 것이라네.

우리는 이런 생각을 응용할 곳을 찾았지. 주로 물리학에 응용할 수 있었어. 예를 들면, 두 개의 회전하는 원기둥 사이에 놓여 있는 액체의 패턴을 설명하는 데 쓰였지. 1985년, 우리는 캘리포니아

북부의 아카타에서 열린 회의에 참석했지. 회의가 끝난 후에, 수학자 세 명과 물리학자 한 명은 렌터카를 타고서 샌프란시스코로 갔어. 소형차라서 매우 비좁았지. 우리는 모두 딱 붙어 앉을 수밖에 없었다네.

어쨌든 이동 중에 우리는 많은 곳을 들러서 레드우드와 거대한 세쿼이아 나무를 보았고, 그동안 마티와 나는 어떻게 우리의 이론이 고리에 있는 진동자 시스템에 응용이 되었는지 알아냈지. '진동자'란 주기적인 행동을 보이는 어떤 것에도 붙일 수 있는 단어라네. 우리는 머릿속으로 연구를 했지, 손으로 쓰지는 않았다네. 왜냐하면 차 안에서 움직일 공간이 없었기 때문이지.

이런 연습은 수학적으로 아주 기쁜 일이었지만, 인위적인 것처럼 보였지. 이것은 물리학이라기보다는 생물학처럼 보였어. 아마 우리가 생물학에 대해 알지 못했기 때문일 걸세.

그 순간 운명적인 순간이 찾아왔다네. 나는 《뉴 사이언티스트》로부터 『자연의 계산^{Natural Computation}』이라는 책의 서평을 써달라는 부탁을 받았어. 그 책은 사람의 눈을 컴퓨터에 응용하여 발전시키려고 시도한 것이었지. 그중 몇 개 장에는 발이 달린 것(예를 들면 다리가 있어서 아주 험한 지역을 이동할 수 있는 건축 로봇과 같은 것)의 이동에 관해 다룬 내용이 있었지. 그 책을 보면서 나는 네 발 달린 동물의 이동 패턴 목록이 떠올랐지.

나는 몇 가지 패턴을 인식했지. 그 패턴은 공간-시간 대칭성이었고, 이런 패턴이 나타나기에 가장 자연스러운 환경이 네 개의 진동자의 고리라는 것을 알았다네. 네 개의 발, 네 개의 진동자. 정말 가능성이 있는 것처럼 보였지. 그래서 책의 서평에서 이 문제에 대해 제기했지.

이 서평이 인쇄되고 며칠 후 나는 전화를 받았다네. 당시 내가 살고 있던 곳에서 80킬로미터 떨어진 곳에 위치한 옥스포드 대학을 방문 중이던 젊은 연구생 짐 콜린스였지. 그는 동물의 움직임에 대해 많은 것을 알고 있었고, 수학적으로 연관성이 있지 않을까 해서 호기심을 갖게 된 거지. 우리는 함께 머리를 모아 동물의 움직임에서 공간-시간 패턴에 대한 논문 시리즈를 썼지. 자세한 이야기는 생략하도록 하겠네.

내 일생 동안 몇 번 급진적으로 연구 방향이 바뀌었는데, 이번에도 마찬가지였다네. 내가 알고 있는 수학과 내게 우연히 일어난 일 사이에 존재하는 연결 고리를 깨닫게 되었지.

우리는 더 이상 애초의 모델이 정확하다고 생각하지 않는다네. 그 모델은 너무 단순한 것이었지. 기술적으로도 결함이 있었고, 더 복잡한 것이 필요했어. 하지만 우리는 어떤 것으로 대체해야 할지 좋은 생각을 가지고 있었지. 이것이 바로 연구라네. 좋은 생각을 가지고, 수년 동안 그 생각을 정립해나가는 거지.

폭넓게 읽고, 활동적으로 생각하고, 안테나를 쫑긋 세우게. 그리고 흥미로운 것을 발견하면 뛰어들게. 루이 파스퇴르가 남긴 명언이 있지. 준비된 사람에게만 기회가 찾아온다는.

수학을 가르치는 법

나는 항상 그렇게 하려고 노력을 하지. 나는 시험 점수를 매길 때면 이렇게 생각하지.
"나는 이 주제에 대해 20년 동안 가르쳐왔는데, 학생들은 여전히 이해를 못 하는군."
하지만 매년 새로운 학생들을 가르치게 되고,
이 학생들은 자네가 전에 가르쳤던 제자들과 마찬가지로
똑같은 어려움을 겪고 실수를 저지르고 똑같은 것을 이해하지 못한다네.

사랑하는 멕에게.

아주 좋은 소식이야! 박사과정 이후 연구원이 된 것을 축하하네. 나도 정말 기쁘다네. 물론 예상은 했지만 말이야. 자네는 충분히 그럴 만한 자격이 있어. 초파리의 시각 처리에 관한 연구 과제는 정말 흥미로울 걸세. 자네의 관심사와도 겹치는 부분이 많지. 자네가 예전에 생물학 분야를 많이 접하지는 않았지만 말이야.

자네가 연구를 하면서 가르치는 일도 맡게 된 건 정말 잘된 일이네. 가르치면서 자네 자신도 이해력이 높아진다는 것을 느낄 걸세. 하지만 가르친다는 것은 약간 떨리는 일이기도 하지. 자네가 가르치는 책임에 대해 "완전히 준비되지 않았다"고 생각하더라도 그리 놀라운 일은 아니네. 자네 위치에 있는 많은 사람들도 비슷한 느낌을 가지지. 하지만 일단 시작하면 긴장감은 사라질 걸세. 자네는 평생 교실에서 생활했고, 많은 선생님들을 관찰했고, 어떤 식으로 가르치는 것이 좋은지에 대한 확고한 생각을 가지고 있으니까. 이 모든 것이 준비 과정이었다네. 자신감이 없다고 해서 가르치는 일을 너무 가볍게 생각해서는 안 되지.

내 스승인 래드포드처럼 좋은 선생님은 스스로 자기를 가치 있다고 평가한다네. 좋은 선생님은 학생들에게 영감을 불어넣어주지. 반면 나쁜 선생님은 학생들이 수학을 영원히 멀리 하게끔 만들어버린다네. 불행하게도, 좋은 선생님보다 나쁜 선생님이 되는 게 더 쉽지.

가르친다는 것은 단지 연구를 위해 돈을 버는 수단은 아니라네. 좋은 선생님들은 가르치는 일을 즐기고, 연구 활동을 하는 것만큼이나 그 일에 많은 열정을 쏟는다네. 그들은 강의를 한다는 것에 대한 자부심을 가지고 있지.

강의 준비를 하다가 연구에 대한 아이디어를 얻는 것은 흔한 일이지. 혹은 가르치거나 시험문제를 출제하는 도중 아이디어를 얻기도 한다네. 나는 가르치거나 새로운 문제에 대해 질문을 시작할 때 연구 과제에서 벗어나 자유롭게 생각하면서 새로운 아이디어를 얻는 것이라고 생각하네.

나도 고백 하나 하지. 1997년 직무가 바뀌면서 '대중의 과학에 대한 이해' 활동에 더 많은 시간을 할애할 수 있었다네. 50퍼센트는 학생들을 가르치고 50퍼센트는 연구하는 활동에 시간을 보내는 대신, 50퍼센트는 연구 활동에, 50퍼센트는 대중 강연을 준비하는 데 시간을 보냈지. 라디오, TV, 잡지, 신문 등에서 강의를 했어. 엄청난 효과를 가져왔지. 나는 자네가 대학교 강의에서 좀처럼 만나기 어려운 다양한 기법을 사용해볼 수 있었다네. 가장 기억에 남는 것은 강연을 하는 자리에 직접 호랑이를 데려 온 것이었지.

1997년 BBC에서 크리스마스 특집 강연을 하게 되었다네. 5시간짜리 생방송이었지. 그리고 500명 정도 되는 젊은이들이 주요 방청객이었다네. 이 강연 시리즈는 1826년 마이클 패러데이에 의해 시작된 것으로 나는 두 번째 수학자 연사가 되었지.

다섯 개의 강연 중 하나는 대칭성과 패턴 형성에 관한 것이었고, 나는 늘 인용하는 윌리엄 블레이크의 시로 시작했지. 식상하긴 했지만 좋은 표현이었어. "호랑이여! 호랑이여! 타오르는 불꽃이여." 그 시는 이렇게 끝나지. "그 어떤 불멸의 손과 눈이 네 그 두려운 대칭을 만들었는가?" 우리는 텔레비전에 실제 호랑이를 출연시키기로 했다네. 우리가 호랑이를 구하는 과정이 하나의 이야깃거리가 되었지. 하지만 우리는 마침내 구할 수 있었다네. 니카라는 호랑이는 6개월 난 암컷인데, 두 명의 조련사가 쇠사슬로 묶어 강연 자리에 데리고 나왔지.

나는 청중이 그렇게 갑자기 조용해진 경우는 처음 봤다네.

니카의 역할은 시의 은유를 상징하기 위한 것 이상이었지. 내가 마음에 두고 있었던 대칭성은 바로 호랑이의 줄무늬였다네. 특히 꼬리 부분에 있는 규칙적인 고리 모양이었지. 니카는 단연 최고의 스타였지. 니카는 아름다웠고, 우리는 우리가 원하는 장면을 얻을 수 있었지.

나는 대학 강단에서 이런 식으로 강연을 한 적은 없었네.

학생들과의 교류가 적어지면서 잊어버렸던 것을 자연과 교감하면서 찾을 수 있었지. 하지만 나는 대학생들과 교감하던 그때가 그리웠다네. 나는 다른 방식으로 이를 찾았지. 지금도 박사과정 학생들을 지도하니까 나의 가르치는 일은 계속된다고 할 수 있어. 하지만 내가 말하는 것이 시대에 뒤처진 것일 수도 있다는 사실을 명심하게나. 고백하자면 나는 정기적으로 대학생을 가르친 게 벌써 28년 전 일이라네. 그중 2년은 미국에서 보냈지. 그래서 미국의 교육제도에 대해 조금 알고 있고, 영국과의 차이점에 대해서도 알고 있지. 내 경험을 거울 삼아 자네에게 이야기하려 하네.

내 생각에 좋은 선생님의 가장 중요한 요건은 학생의 입장에서 생각하는 거라네. 이건 단지 정확하고 명쾌하게 강의하고, 시험 점수를 매기는 것만 의미하지는 않지. 강의의 주요한 목적은 바로 학생들이 주제를 이해하도록 도와주는 거지. 자네가 강의를 하든 학생들과 상담을 하든지 간에 자네가 분명하게 이해하는 내용이 어떤 사람들에게는 아주 난해하고 불투명할 수 있다는 것을 생각해야 하네.

나는 항상 그렇게 하려고 노력을 하지. 나는 시험 점수를 매길 때면 이렇게 생각하지. "나는 이 주제에 대해 20년 동안 가르쳐왔는데, 학생들은 여전히 이해를 못 하는군." 하지만 매년 새로운 학생들을 가르치게 되고, 이 학생들은 자네가 전에 가르쳤던 제자들과 마찬가지로 똑같은 어려움을 겪고 실수를 저지르고 똑같은 것을 이해하지 못한다네.

자네가 다행히도 아직 이런 일을 겪지 않았다면 운이 좋은 것이네. 학생들과 자네의 나이 차이가 별로 나지 않기 때문에 학생들은 좀 더 편안함을 느끼겠지. 그리고 자네도 배운 지 얼마 지나지 않은 내용이기 때문에 같은 강의를 여러 번 한다고 해서 지루하지 않을 걸세.

내가 처음으로 강의했던 날을 아직도 생생하게 기억한다네. 그 당시 가르치는 일이 10년 후에 가르치는 것보다 훨씬 쉬웠다네. 자네는 너무 많이 알고 있지만, 그렇다고 자네 학생들에게 자네 지식과 식견을 모두 넘겨주려 한다면 위험한 일이지. 학생들이 자네에게 배웠다고 해서 자네와 같은 관점을 갖지는 않는다네. 다음과 같은 원칙을 잊지 말게나. 단순하고, 멍청하게 놔둬라. 중요한 문제에 집중하라. 주요 문제에 집중하기 위해 학생들이 강의 내용에 없는 새로운 아이디어를 요구하더라도 강의 내용에서 벗어나지 말라. 아무리 자네에게 멋지고 훌륭한 아이디어처럼 보여도 말이야.

미국의 교육제도는 이런 점에서 영국보다 더 딱딱하지. 전형적으로 일정한 텍스트 강의 요목만 존재할 뿐이야. 쪽수와 특정 단락도 강의 요목에 언급되어 있지. 학습할 내용을 모든 사람들이 알게끔 나와 있다네.

하지만 교사에 따라서 내용을 추가할 수 있는 여지는 있다네. 그러니까 이미 정해진 내용에 자기만의 내용을 가미해서 학생들의 이해를 돕는 것과, 너무 많은 것을 가르쳐서 학생들을 혼란스럽게 하는 것 사이의 균형을 잘 맞추어야 하네.

교과서 밖에 있는 내용을 학생들에게 말해줄 때 자네는 우선 자문해봐야 하네. 과연 내가 학생이라면, 그래서 교과서에 있는 내용만 안다면, 그 내용을 더 잘 이해하기 위해 무엇이 필요할까? 이 질문에 대한 답을 찾는 것이 바로 자네의 이해력을 돕는 것이 되지.

예를 들어보지. 세부적인 내용보다는 많은 상황에 적용되는 방법이 더 중요하다네.

자네가 처음 가르치는 데 있어서 어떤 학생들은 왜 마이너스 곱하기 마이너스가 플러스인지 질문을 할 걸세. 예를 들면 $(-3) \times (-5) = +15$인 경우처럼 말이야. 이 주제는 고등학교에서 다루었어야 하지만, 자네는 수학적인 전통을 보여주어야만 한다네.

첫 번째로 이는 정해진 관례라는 것을 인정해야 하네. 수학계에서 이미 인정하는 것이지만 만일 수학자들이 $(-3) \times (-5) = -15$라고 원한다면 그렇게 할 수도 있네. 그 경우에는 곱셈의 개념이 다른 거지. 대수학의 일반 법칙은 창밖으로 던져버리는 거지. 오래

된 말은 종종 새로운 문맥에서 새로운 의미를 갖기도 하네. 대수학의 일반 법칙에서 신성시되는 절대적인 것은 없네.

정해진 관례가 왜 중요한지 두 가지 이유를 말해주지. 하나는 외적인 요인으로 수학이 현실을 어떻게 모델화했는지에 관한 것이고, 다른 하나는 고상함을 추구하는 수학 내적인 요인이라네.

학생들은 외적인 요인을 알면 확신을 가지게 되지.

우리가 사용하는 수를 은행에 있는 돈이라고 가정하여, 자네가 가진 돈은 양수, 은행에서 빌린 돈은 음수라고 생각해보게. 따라서 -5는 5달러의 빚이 있다는 의미지. 그래서 $3 \times (-5)$는 5달러씩 세 번 빚을 졌다는 것이 되고, 그렇다면 빚진 총 금액은 15달러가 되지. 그래서 $3 \times (-5) = -15$가 되는 거야. 어느 누구도 여기에 대해 이의를 제기하지 못할 거야. 그렇다면 $(-3) \times (-5)$인 경우는 어떠한가? 자네가 5달러씩 세 번 빚진 것을 은행이 탕감해준다면, 결국 자네는 15달러를 가지게 되지. 그래서 $(-3) \times (-5) = 15$가 되는 걸세.

'내적'인 설명은 $(-3) \times (5-5)$와 같은 연산에서 출발한다네. 이 식의 값은 물론 0이지. 하지만 법칙을 이용해서 이 식을 $(-3) \times 5 + (-3) \times (-5)$라고 할 수도 있어. 우리가 이미 마이너스와 플러스를 곱하면 마이너스라고 합의를 했기 때문에 연산 법칙의 일관성에서 생각해보면 $-15 + (-3) \times (-5) = 0$이라네. 이는 $-3 \times (-5) = 15$라는 것을 의미하지.

처음의 경우에는 은행 계좌를 모델화해서 마이너스 곱하기 마이너스는 플러스가 된다고 했던 것이고, 두 번째 경우는 연산 법칙을 이용하여 같은 결론을 얻었지. 이것 외의 다른 설명은 필요하지 않다네. 이렇게 규칙을 정해놓으면 편하기 때문에 우리 수학자들은 규칙을 만든 거라네.

물론 학생들은 다른 주장을 할 수도 있네. 하지만 중요한 것은 학생들에게 다음과 같이 말하지 않는 거야. "자, 이런 식으로 하면 된다. 그러니 의문을 갖지 말고 그냥 외워."

더욱더 나쁜 것은 규칙이라는 것은 변경할 수 없고 따라서 마이너스 곱하기 마이너스는 플러스라는 규칙이 신성불가침이라는 인상을 학생들에게 남기는 것이지. 플러스, 마이너스, 곱하기와 같은 개념은 모두 인간이 만들어낸 것인데 말이야.

이 시점에서 생각이 깊은 자네 학생 한 명이 이렇게 말할지도 모르네. "수학에서는 한 가지 시스템만 존재하기 때문에 일관적인 방법으로 한 가지만 규정되어 있다"고 말이야. 이 경우에 자네는 수 개념이 어떻게 확장되어갔는지를 설명해주어야 하네. 즉 음수, 분수, 무한 소수, 복소수(-1의 제곱근), 4원수(-1이 여러 제곱근을 갖는 수. 이때 대수 법칙이 적용되지 않는다) 등이 있지. 이들은 각각 고유한 특정 성질을 가지고 있네.

하지만 이들에게 의미를 부여한 것은 우리 인간이지. 예를 들면, 모든 음수가 같다고 하는 새로운 숫자 시스템을 고안할 수도 있지. 논리상으로도 일관되게 말이야. 하지만 대수학의 법칙과는 일치하지 않지.

학생들이 강의 도중 어려움을 겪는 경우가 있는데, 이는 그 자체를 모르기 때문이 아니라 다른 문제, 다른 쪽 또는 예전의 강의 내용을 이해하지 못해 빚어지는 일이라네. 아마 그들은 곱셈과 계속되는 덧셈 사이의 관계를 이해하지 못할 수도 있어. 혹은 그 관계를 너무 잘 이해해서 -3을 어떻게 -5번 계속 더해야 하는지를 이해 못 할 수도 있지.

수학을 가르치며 자네의 수학적 지식에 숨겨진, 가정과 의문을 갖지 않은 채 당연시했던 것들이 얼마나 많은지 발견할 수 있을 것이네. 기존의 수학 개념이 새로운 영역으로 확대될 때마다 자네는 과거의 해석을 버리고 새로운 것을 받아들여야 하네.

수학에서는 여러 말을 하지 않고도 단 하나의 묘사를 통해 그 특징을 말할 수 있지. 내 친구 데이비드 톨이 그랬지. 그는 수학이 과정을 그 무엇으로 바꾸는 것에 의해 발전한다고 했지(개념적으로 말이야). 예를 들어 '수'는 세는 과정에서 시작하지. 5는 손가락으로 셀 수 있지. "하나, 둘, 셋, 넷, 다섯……." 어느 단계에 가면 세는 과정을 그만두고 5를 그 자체로 받아들이게 되지. 5+3과 같은 덧셈을 하려면 특히 이런 생각이 유용하다네.

이를 즉각 구할 수 없는 아이들은 양손의 손가락을 사용할 수밖에 없어. "하나, 둘, 셋, 넷, 다섯, 여섯, 일곱, 여덟." 그런데, 2546+9773과 같은 문제는 손가락으로 할 수 없기 때문에 더 이상 손가락이 쓸모없지.

흥미로운 사실은 우리가 새로운 개념을 가르치기 위해 단기적으로 사용했던 방법들이 장기적으로 볼 때 더 이상 쓸모가 없다는 것이지. 수학은 기존의 것에서 새로운 아이디어를 찾는 것이니까, 다른 방법을 생각하기도 어렵지. 하지만 종국에는 새로운 아이디어를 체화해야 하네.

데이비드 톨은 이것을 과정과 개념의 합성어인 프로셉트(procept. process와 concept를 합해 만든 단어-옮긴이)라고 불렀다네. 종종 프로셉트는 과정처럼 보이기도 하고 어떤 경우에는 개념처럼 보이기도 하지. 수학이라는 예술의 묘미는 관점을 이리저리 바꾸어보는 데 있다네. 자네가 연구를 할 때, 이렇게 관점이 바뀐다는 것을 알아채지 못할 때도 있지. 하지만 학생들을 가르칠 때에는 반드시 알고 있어야 하네. 학생들이 새로운 프로셉트에 대해 어려워하고 있을 때 그 이유가 과정을 이해하는 데 실패해서 그런 것일 수도 있지. 그렇기 때문에 선생님으로서 자네의 역할은 새로운 아이디어를 얻기까지 바탕이 되었던 여러 가지 생각을 되짚어보는 것이라네. 자네 학생들이 대답을 못 하는 일이 발생하는 것을 원치 않겠지. 자네는 간단한 아이디어를 사용해서 학생들이 대답할 수 있도록 하기를 원하겠지.

영국 초등학교를 관장하는 교육 당국은 완전히 잘못 생각하고 있다네. 주어진 '교육 과정' 하에서 교사들은 학생들의 진도를 점검하는 수백 개의 체크박스를 검토해야만 하네. 아이들이 5까지 셀 수 있나? 확인. 5 더하기 3은 할 수 있나? 확인. 답을 구하는 능력이 중요하다고 가정하는 것이지. 하지만 진정으로 중요한 것은 아이들이 어떤 방법으로 답을 얻었는가 하는 것이라네. 나는 시대에 뒤떨어져서 그런지 어떤 방법으로든 아이들이 정답을 쓸 것이라고 생각하네. 나한테 높은 점수를 받기란 쉽지 않지. 하지만 단언하건대, 아이들의 능력을 박스 형태의 질문으로 평가하는 것은 수학을 제대로 가르치는 방법이 아니라네.

수학계

경력이 쌓일수록, 자네에게 세계의 수학계는 점점 중요한 존재가 된다네.
자네는 그 일원이 될 거고, 그렇게 된다면, 전 세계 어디든 집이 있는 셈이지.

사랑하는 멕에게.

자네는 곧 수학계의 완전한 일원이 될 것이기 때문에, 수학계가 어떤 곳인지 이해하는 것도 좋은 일이지. 우리가 이미 논의한 전문가적인 관점에서뿐만 아니라, 우리가 함께 일하는 사람들의 관점에서 자네가 어떻게 해야 할지 알아보는 거야.

과학소설계에는 이런 속담이 있지. "열성적인 팬이 되는 것은 자랑스럽고 외로운 일이다." 다른 사람들은 그들에게는 이상하고 의미 없는 자네의 활동으로 인해 자네의 열정을 이해하지 못할 수도 있네. 갑자기 '얼간이'라는 말이 생각나는군. 그래도 우리는 무엇에 미쳐 있는 사람들이지. 텔레비전을 보면서 뒹구는 사람이 아닌 한 우리는 목적을 가지고 있지. 수학자들은 자신들의 주제에 대해 열정을 가지고 있고, 아주 넓은 곳에서 사용되는 수학계에 속해 있다는 것을 자랑스럽게 생각한다네.

자네는 수학계가 지속적인 독려와 지원의 원천이라는 것을 알게 될 것이네. 비평과 조언은 말할 것도 없고 말이야. 그래, 반대 의견도 있겠지. 하지만 일반적으로 말하면, 수학자들은 친절하고 너그럽다네. 자네가 잘못하지만 않으면 말이야.

자부심과 외로움은 다른 이야기지. 내 경험을 보면, 오늘날 대중은 수학자들이 유용하고 흥미로운 일을 한다고 생각하고 있어.

자네는 파티에 가면 이런 질문을 받겠지. "카오스 이론에 대해서 어떻게 생각하세요?", "나는 학교 때부터 수학을 잘 못했어요."『주라기 공원』에서 저자인 마이클 크라이튼은 오늘날 수학자들이 회계사보다는 록 스타를 더 닮아 있다고 말했지. 그렇다면, 록 스타들에게는 나쁜 소식이겠지.

과학소설 팬들은 회의에 가서 다른 과학소설 팬들과 이야기를 하지. 영국산 경주견인 휘핏을 기르는 사람은 휘핏 쇼에 참가해서 휘핏을 기르는 다른 사람과 경쟁하겠지. 수학자들은 다른 수학자들을 만나기 위해 회의에 참석한다네. 혹은 세미나를 하거나 방문을 하기도 하지.

영국의 초대 수상인 잭 버터워스는 대학교수 중에서 25퍼센트가 비행기를 타고 있지 않다면 그 대학은 형편없는 대학이라고 이야기한 적이 있지. 수학의 당위성을 발전시키는 가장 좋은 방법은 다른 수학자를 만나는 걸세.

만약 자네가 운이 좋다면, 다른 수학자들이 자네를 찾아올 걸세. 1960년대에 세워진 워릭 대학교는 수학자들의 중심지가 되었지. 왜냐하면 그때부터 수학에 대한 심포지엄과 1년 동안 계속되는 특정 수학 분야에 대한 프로그램을 가지고 있었기 때문이지(나는 '심포지엄'이 '함께 술 마시기'라는 뜻이라고 들었네. 사실, 완전 틀린 의미라고 할 수도 없지). 어쨌든 심포지엄은 좋고, 재미있네. 모든 과학과 마찬가지로 수학은 항상 국제적이지. 아이작 뉴턴은 프랑스와 독일에 있는 다른 과학자에게 글을 썼지. 하지만 오늘날 그가 살아 있다면 비행기를 타고 직접 만나러 갔을 거야.

수학자들은 함께 모여 커피를 마시지. 에르되시는 수학자들은 커피를 정리로 바꾸는 기계라고 표현했다네. 수학자들은 농담을 하고, 정리에 대해 이야기하고, 새로운 뉴스에 대한 의견을 공유하지.

심각한 뉴스도 있기는 하네. 내가 이 글을 쓰는 동안 중요한 화젯거리가 된 것은 바로 푸앵카레의 추측을 증명했다고 하는 그리샤 페렐만에 관한 최근 소식이었지. 푸앵카레의 추측이 리만의 가설과 함께 미해결 문제였기 때문에 이런 소식은 아주 흥미로운 것이라네. 이 모든 일들은 1900년 앙리 푸앵카레가 저지른 실수 때문이지. 그는 증명 없이, 기술적인 조건이 덧붙여진 3차원 위상 공간에서 모든 자폐선이 한 점으로 줄어들 수 있다면 그 공간은 삼구체와 동일하며, 이는 일반적인 구의 이차원 겉면의 삼차원에 상응하는 것이어야 한다고 가정했었지. 이에 대한 증명이 없음을 발견한 그는 이를 증명하려 했지만 성공하지 못했네. 푸앵카레의 추측은 너무 악명 높은 문제라 현재 클레이 연구소가 뽑은 수학계의 풀리지 않은 세기의 문제 7개 중 하나가 되었지. 각각의 문제를 해결하는 데에 100만 달러의 상금이 걸려 있다네.

2002년과 2003년에 물리학을 공부한 페렐만이라는 젊은 러시아 친구가 "arXiv"라는 수학 전문 웹사이트에 두 개의 논문을 발표했지. 이 논문은 푸앵카레의 추측을 증명한 내용뿐만 아니라 모든 3차원 위상 공간의 열쇠를 쥐고 있는 강력한 써스톤 기하학 추측에 관한 증명도 담고 있었어.

보통 이런 주장은 말도 안 되는 것으로 판명나지만, 페렐만의 생각은 현명했을 뿐 아니라 그의 신원도 확실했기 때문에 주목을 받게 되었지. 그가 사용한 방법은 소위 '리치 흐름'이라 불리는 것으로 아인슈타인의 일반 상대성 이론 하에서 공간-시간이 변형되는 형태와 매우 유사하게 공간을 분석했지. 그건 뜻하지 않은 장애물이었어. 그 증명을 정확하게 이해하려면 3차원 위상기하학, 상대성이론, 우주론처럼 지금까지는 순수수학 그리고 수학과 관련된 물리학과 관계없다고 생각됐던 다른 영역에 대해서도 알 필요가 있기 때문이야. 그렇기 때문에 잘 알지 못하는 사람들에게는 오랜 시간이 걸리는 어려운 증명이지. 뿐만 아니라 페렐만은 세부적인 것을 모두 말해주지 않는 유구한 러시아 전통을 따랐다네. 그래서 전 세계적으로 진행되는 세미나에서 그의 생각을 다루는 전문가들은 그 증명을 옳다고 판단하는 데 신중한 모습을 보였다네. 하지만 누군가가 그의 이론에서 함정이나 실수처럼 보이는 것을 찾아낼 때마다 페렐만은 이미 그런 문제들에 대해서 생각해 놨기 때문에, 왜 그것이 별 문제가 안 되는지 조용히 설명했지. 물론 페렐만이 옳았다네.

결국 그의 증명이 틀렸다고 판명나더라도, 그 과정에서 옳다고 판명된 부분은 수학에 엄청난 영향을 미치는 업적이 되었지. 내가 지금 이 글을 쓰는 순간에도 전문가들은 증명이 사실이라는 것을 증명하기 위해 노력하고 있는지도 모르지. 멕, 자네도 커피를 마시면서 귀를 활짝 열어두게나.

경력이 쌓일수록, 자네에게 세계의 수학계는 점점 중요한 존재가 된다네. 자네는 그 일원이 될 거고, 그렇게 된다면, 전 세계 어디든 집이 있는 셈이지.

도쿄에 방금 도착했다고? 그럼 가장 가까운 대학에 가서 수학과 사무실을 찾아 안으로 들어가게. 적어도 거기에서 한 사람은 자네를 알아볼 테니까. 만난 적은 없더라도 자네의 업적 덕분에 자네를 알아보는 사람이 있을 걸세. 그들은 하던 일을 멈추고 아이 돌봐주는 사람을 부른 뒤, 시내로 나가서 자네에게 저녁식사를 대접하겠지. 만약 호텔 예약을 안 한 상태라면, 그들 집의 빈방에 머무를 수 있겠지. 자네가 자네와 마음이 통하는 청중에게 최근 아이디어를 발표할 수 있도록 세미나 준비를 해줄지도 모르네. 또 비행기 값에 보태라고 돈을 좀 보태줄지도 모르지.

하지만 자네는 비즈니스 클래스를 타지는 못할 걸세. 스위트룸에서 잠을 자지도 못할 거야. 수학은 저렴하고 아주 떠들썩한 이론 위에서 활동을 한다네. 나는 종종 우리가 이런 식으로 가치를 낮게 평가하지 않았으면 하고 바라지만, 이건 우리 몸에 배어 있는 습관이고, 바꾸기에는 너무 늦었다고 할 수 있지.

물론 사전에 도쿄 대학 수학과에 이메일을 보내는 방법이 더 세련된 방법이지. 하지만 결과는 비슷할 걸세.

만약 자네가 머무는 집 주인과 잘 어울려 지내게 된다면, 그들은 자네를 다시 초청할 수도 있겠지. 자네가 경력을 쌓아가면 갈수록, 그들과 자네는 회의에 같이 초청받게 될 걸세. 자네가 회의를 주관하기도 하겠지. 그건 자네가 이야기를 나누고 싶은 사람을 초대할 수 있다는 얘기지. 일종의 '단계 이동'이라고 할 수도 있네. 선택을 잘하게. 거절하는 방법도 배우고 말이야. 그리고 허락하는 법도 배워두게.

대규모 회의도 있고, 중간 규모, 소규모 회의도 있지. 특별한 회의도 있고, 일반적인 회의도 있다네. 크고 일반적인 회의는 사람들을 만나고 일을 구하기 좋지. 4년마다 국제 수학자 회의가 열린다네. 나도 작년에 교토에서 열렸을 때 참석했고, 그 자리에는 4,000명의 참가자가 왔었지. 교토의 다양한 면모도 보고, 오랜 친구도 만나고, 새 친구도 사귀고, 다른 분야에 있는 사람들이 어떤 일을 하는지도 들을 수 있었지. 가족들도 함께 온다네. 그래서 도시와 주변 경관을 함께 구경하지.

나는 소규모 회의를 더 좋아한다네. 소규모 회의란 특정 연구 주제를 놓고 토론하는 특별한 회의지. 이런 회의를 통해 많은 것을 배울 수 있다네. 왜냐하면 모든 이야기가 흥미로울 것이고, 지금 자네가 연구하는 것과 관계가 있을 테니까. 자네는 몇 년 동안 각종 세미나에 참석하다 보면, 매년 누가 참석하는지 알 수 있을 걸세. 업계에 들어온 지 얼마 안 되는 젊은 참석자들을 제외하고는 모두 아는 얼굴일 테지.

어쨌든 수학계에 들어온 걸 환영하네, 멕.

돼지와 픽업 트럭

어떤 실수들은 저지르고 난 후에야 알아차리는 경우가 있네.
워릭 대학교에서 일어났던 실수는 결코 잊지 못할 거야.
당시 나는 학부생 첫 강의를 마치고 강의실 밖으로 나간다는 것이 그만
도구함이 있는 벽장으로 들어가게 되었지.
들어가서야 그곳이 청소 도구 보관실이면서 동시에 비상 출입구임을 알게 되었지.
그런데 그만 대걸레와 양동이들이 흩어지면서 나를 덮쳤지.
설상가상으로 내가 나가려 했던 문은 비상 출입문으로, 그 문을 열자 비상벨이 울리는
것이었어. 출입구 표시만 보았지 그 위에 있던 비상이라는 단어는 보지 못한 거야.
결국 한바탕 소동을 벌인 후에야 강의실에서 나갈 수 있었다네.

조교수가 되었다고? 정말 자네가 자랑스럽네. 그것도 훌륭한 대학에서 말이야. 자네는 이제 전문 수학자가 되었네. 그렇기 때문에 전문가의 책임을 져야 한다네. 내가 다양한 상황에 대해 어떻게 대처하는지 조언을 해주느라 바빠서 무엇을 하지 말아야 할지에 대해서는 신경을 쓰지 못했던 것이 생각나는군. 자네는 이제 종신 재직이 가능해졌으니 더 많은 책임감을 가져야 하네. 즉 자네가 실수하면 잃는 것이 더 많아진다는 뜻이지. 대중 앞에서 바보가 되는 경우도 여러 가지라네. 하지만 경력을 쌓으면서

그런 상황에 대처하는 방법을 터득하게 된다네. 사람들은 실수를 저지르지만 현명한 사람들은 이를 통해 배우는 것이 있다네. 가장 현명한 것은 다른 사람들의 실수로부터 배우는 것이지.

수학계에 오래 몸담을수록 자네는 실수를 더 많이 하게 되지. 이게 경험 있는 사람들이 더 많은 경험을 하는 방법이라네. 나는 여러 실수들을 목격하기도 하고, 직접 저질러보기도 했지. 그중 하나로 아주 중요한 분들을 모시고 하는 강연에서 방정식을 잘못 쓰는 바람에 학장님이 모욕감을 느꼈던 적이 있다네. 조심하게. 자네도 자네만의 실수를 저지르겠지. 때때로 당황하는 것은 인간의 아주 자연스러운 경험이라네.

대부분 내 조언들이 곧 자명하게 드러날 걸세. 그 학교에서 종신 재직을 원하는 조교수에게 어떤 요건과 자격이 필요한지 알아야 하네. 자네 전공 분야에서 두 개의 논문을 발표하기로 했는데, 그 대신 논문을 하나만 쓰고 수학 클럽을 지도하고, 부다페스트에서 교환 학생 프로그램을 지도하고, 저명한 상을 받았다 하더라도 종신 재직을 받지 못할 수도 있네. 자네의 선임자들에게 정중하게 대하게. 그럴 이유가 전혀 없어 보일지라도 말이야. 그 사람들이 그럴 가치가 있든 없든, 모든 사람들에게 정중하게 대하게. 만약 자네가 어떤 결정이나 주장에 대해 반대한다면, 명확하게 자네 의견을 말하고, 그 반대 의견이 이상한 것이 아니라는 말을 꼭 하게. 학생들을 가르치는 시간이든 상담시간, 채점기간, 국제 수학자 회의에서건 간에 최선을 다하게. 논의되는 내용을 들어보고 긴 시간이 아니더라도 자네 시간을 할애하게. 자네가 교수라는 걸 항상 기억하고, 그에 걸맞게 행동하게나.

어떤 실수들은 저지르고 난 후에야 알아차리는 경우가 있네. 워릭 대학교에서 일어났던 실수는 결코 잊지 못할 거야. 당시 나는 학부생 첫 강의를 마치고 강의실 밖으로 나간다는 것이 그만 청소 도구함이 있는 벽장으로 들어가게 되었지. 들어가서야 그곳이 청소 도구 보관실이면서 동시에 비상 출입구임을 알게 되었지. 그런데 그만 대걸레와 양동이들이 흩어지면서 나를 덮쳤지. 설상가상으로 내가 나가려 했던 문은 비상 출입문으로, 그 문을 열자 비상벨이 울리는 것이었어. 출입구 표시만 보았지 그 위에 있던 비상이라는 단어는 보지 못한 거야. 결국 한바탕 소동을 벌인 후에야 강의실에서 나갈 수 있었다네.

여기서의 교훈은 무엇이든지 먼저 아는 체하지 말라는 것이네. 그리고 사전 준비를 철저히 해야 한다네. 강의실 전체 구조나 위치 확인은 물론이고, 회의가 개최되는 장소와 날짜 등을 확실하게 사전 점검하라는 말이네. 일이 꼬이기 시작하면 걷잡을 수 없게 되는 머피의 법칙을 떠올리게나. 머피의 법칙에 대한 수학적으로 귀결되는 정리를 기억하게나. "일이 꼬이지 않더라도 잘못될 수 있다."

역시 수학자인 내 친구가 어느 도시를 여행할 때 이런 일이 일어났다고 하네. 그는 학회에 참석차 비행기에 올랐네. 좌석에 앉아 노트에 몇 자 끼적거리고 있는데, 조종사가 조종실에서 나오면서 뒤에 있는 조종실 문을 닫았어. 잠시 후에 부조종사가 나왔다가 똑같이 문을 닫았어. 곧이어 조종사가 되돌아와서 조종실로 들어가기 위해 문을 열려고 했는데 잘 안 되는 것 같았어. 부조종사도 힘을 같이 썼지만 실패했네. 이걸 본 내 친구는 순간적으로 비행기가 자동항법으로 조작되어 누구도 이를 제어할 수 없음을 눈치 챘지. 한 여자 승객이 이들을 도와주려고 밖으로 나갔다가 작은 손도끼를 들고 왔지. 조종사는 도끼로 문을 내리쳐서 작은 구멍을 만들었어. 구멍에 손을 넣어 간신히 문을 열 수 있었네. 놀란 승객들을 위해 그들은 이 일에 대해 어떤 설명도 하지 않았어.

내 충고는 승객들이 아니라 조종사와 부조종사에게 적용되는 것이네. 만일 학회에 참석한다면 학회 조직위원회에서 예약해주는 비행기를 타게 될 거야. 원한다면 가지 않을 수도 있지만, 안전 운행이 의심스럽거나 낡은 비행기로는 절대로 여행하지 말게나. 그런 일을 당할 것이라고 예상하거나 이를 피할 수 있는 승객은 아무도 없다네.

다시 가르치는 문제에 대해 이야기해보도록 하지. 또 하나 유용한 조언은 강의실에 가는 시간을 충분히 여유 있게 가지라는 것이네. 예측할 수 없는 약속을 피하라는 것이지. 나는 대수학 강의에 늦었던 일을 아직도 생생하게 기억하네. 나는 당시에 조그만 마을에 살고 있었고, 다른 수학과 교수는 같은 마을에서 작은 농장을 소유하고 있었지. 그래서 우리는 카풀을 했다네. 어느 날 동료는 가는 길에 돼지를 도살장에 내려다주기로 결심했지. 그 길이 결코 좋은 여행이 아닐 거라는 걸 직감한 돼지는 심하게 저항했다네. 트럭 뒤편으로 이어지는 널빤지에 좀처럼 오르려고 하지 않았지. 트럭에 돼지를 올려놓지 못해 수업에 늦었다는 변명을 늘어놓기가 교수로서는 정말 어려운 일이지.

도구를 사용하여 강연을 할 때면 머피의 법칙이 등장하게 되는 경우가 많다네. 내가 강연을 시작했을 때 우리가 사용한 도구라고는 칠판과 분필밖에 없었지. 나는 모든 파워포인트 프레젠테이션과 프로젝터, 인터넷에서 다운받은 동영상, 화이트보드, 수성펜, 심지어 비즈니스맨들이 가지고 다니는 플립 차트도 가지고 다니지만, 사실 예전 도구들을 더 좋아한다네.

분필도 잘못될 소지가 있다네. 분필이 없거나 내 앞 강연자가 분필을 모두 썼을 경우에 대비해서 나는 항상 분필 케이스를 가지고 다녔지. 어떤 경우에는 분필 가루가 많이 묻어서 옷을 버린 적도 있었지. 그래서 나는 항상 분필 가루가 잘 묻지 않는 옷을 입었다네. 물론 분필 가루가 안 묻는 건 아니지만, 세탁비가 적게 들지. 분필 종류별로 칠판에 글씨를 쓸 때 나는 소리도 다 다르지. 정말 소름 돋는 소리도 있다네. 그 소리가 나지 않게 하기 위해서는 훈련이 필요하지.

다른 종류의 장비들도 잘못되는 경우가 있지. 내 친한 친구가 수학 콜로키움(영국의 주요 연례 수학회의)에서 간단한 강연을 했었네. 그는 OHP를 사용해서 다양한 그림을 보여주려고 했는데, 천장에서 스크린을 내릴 때 불행하게도 그만 스크린이 떨어졌지.

할 수 없이 그냥 벽에 그림을 비춰서 보는 수밖에 없었지.

강연을 주최하는 사람이 모든 장비가 완벽하다고 말해도 믿지 말게나. 항상 강연 전에 손수 점검을 해보게.

위원회도 수학자들이 실수를 많이 저지르는 곳 중 하나지. 대학은 위원회와 하부 위원회의 네트워크로 구성되는데, 물론 유명무실한 것도 있지. 채점이나 교수 요목을 정하는 중요한 일을 맡고 있다네. 자네도 물론 위원회 일을 해야겠지. 대학은 정말 복잡한 곳이고 한 사람이라도 잘못하면 기능을 잘 못하게 되지. 모든 학문은 행정적인 기능이 뒷받침되어야 하고, 특히 고위직으로 올라갈수록 그렇다네.

나는 위원회에서 일해본 적이 없었기 때문에, 자네가 의도한 대로 결정되도록 위원회를 어떻게 설득하는지에 대해서는 별로 해줄 말이 없다네. 하지만 그 반대 경우는 알고 있지. 지금 얘기는 정말 전형적인 거라네. 중요한 위원회에서 특정 사안에 대해 논의를 하고 있었지. 위원회의 어떤 수학자가 그 사안의 오류를 금방 알아차리고 그 사안에 반대하는 의견을 논리적으로 5분 동안 이야기했네. 그의 분석은 간단명료했고, 의심의 여지가 없었지. 어느 누구도 반대하지 못했어. 하지만 다른 사람들이 아직 말을 하지 않았기 때문에 토론은 계속되었지. 1시간 정도 추가 토론을 했고, 위원회에서는 투표를 했어. 그 결과 그 수학자가 반대했던 사안을 추진하기로 결정했다네.

그의 실수는 무엇이었을까? 분석도 아니고 프레젠테이션도 아닌 바로 타이밍이 문제였지. 어느 위원회 토론에서나 마찬가지로, 결정이 내려지는 아주 중요한 순간이 있지. 바로 이때가 말을 할 시기인 거야. 자네가 너무 빨리 의사를 말하면 모든 사람이 그걸 잊어버리지. 운이 좋다면 적절한 시기에 청중이 다시 기억하도록 할 수 있겠지. 하지만 자네가 너무 늦게 의견을 말한다면 어떤 효과도 발휘되지 않는다네.

위원회에서 하지 말아야 할 또 하나는 이미 자네가 이겼는데도 계속 자기 의견을 주장하는 거지. 자네는 모든 사람들이 동의하는 내용을 계속 강조함으로써 지지를 잃을 수도 있다네. 만약 자네가 좀 더 유리한 입지를 점하고 싶다면, 정말 필요한 순간까지 기다리게. 나도 그렇게 하려고 노력하는 중이라네.

협동의 기쁨과 위험성

공동으로 논문을 발행하는 건수가 늘어나는 데는 중요한 이유가 있다네.
바로 사회적인 이유 때문이야. 그룹을 만들어서 동료와 함께 일하는 것이,
혼자 컴퓨터 앞에서 일하는 것보다 더 재미있지. 물론 혼자 있고 싶을 때도 있고,
혼자서 개념상의 문제를 풀고 정의를 만들고 계산을 하고 싶을 때도 있겠지.
하지만 같은 분야에 있는 다른 사람의 의견을 들으면 자극을 받지. 혹은 아이디어를
적용하고 싶은 분야에 있는 사람들의 의견을 듣는 것이 도움이 될 때도 있지.
자네가 모르는 것을 다른 사람들이 알 수도 있으니까. 더 흥미로운 사실은 두 사람이
머리를 맞대면 혼자서는 생각하지 못하던 아이디어를 만들어낸다는 거야.

사랑하는 멕에게.

그렇지. 그 문제는 딜레마야. 종신 재직권을 얻거나 승진하는
것은 자네의 수업과 연구 기록에 달렸지. 하지만 다른 사람들과
팀을 이루어서 일하는 것도 평가 항목이라네. 최선을 다해 연구하
는 것에 중점을 둬야 하지만, 팀이 구성되더라도 역시 열심히 연
구를 해야 한다고 생각하네. 만약 연구 성과가 괜찮다면 자네의
업적 평가 성적도 올라가고, 그러면 자동으로 승진을 하게 되지.
자네가 혼자서 연구를 했는지, 팀으로 연구를 했는지는 그리 중요
하지 않네. 사실 협동 연구는 많은 장점을 지니지. 엄청난 제안이

나 보조금을 다루는 법을 배우는 아주 효과적인 방법이라네.

팀 연구를 대하는 태도도 빠르게 변한다네. 과거에 수학은 주로 혼자서 하는 활동이었지. 위대한 정리는 한 사람이 혼자 연구한 끝에 발견하고 증명한 것이지. 협동 연구는 거의 없었고, 3명 이상이 공동으로 논문을 쓰는 경우도 없었지. 지금은 3~4명의 수학자들이 같이 쓴 논문을 쉽게 찾아볼 수 있다네. 지난 20년 동안 내가 한 연구의 98퍼센트는 다른 교수들과 협동으로 이뤄낸 것이지. 9명의 수학자와 논문을 쓴 경우도 있었다네.

다른 과학 분야보다 수학은 아직도 협동이 적다고 할 수 있네. 물리학에서는 100명이 공동으로 논문을 쓴 경우도 있고, 생물학의 경우도 마찬가지지. 특정 기간에 얼마나 많은 논문을 발행하느냐가 그 사람의 종신 재직권과 승진에 영향을 주지. 자네의 발행 논문 수를 높이는 가장 쉬운 방법은 다른 사람의 논문에 공동 저자로 참여하는 것이네. 자네 논문에 그들의 이름을 집어넣어 간단하게 은혜를 갚을 수도 있지. 하지만 이런 주고받기 식 행동이 공동 저술의 발전과 진정한 관련이 있다고는 생각하지 않네.

어떤 물리학 논문의 경우, 다수의 학자들을 동참시킨 이유는 명백하지. 기초 분자물리학 분야에서 팀을 이루어 여러 명이 몇 년 동안 공동 연구를 진행해서 네 쪽짜리 기사를 만들지. 그 팀에는 이론가, 프로그래머, 입자 측정기 전문가, 감지기에서 얻은 복잡한 데이터를 해석하는 패턴 인식 알고리즘 전문가, 저온 전자석을 만드는 법을 아는 엔지니어도 참여를 할 거야. 이 모든 사람들은 아주 중요한 구성 요소지. 모두 논문을 쓴 저자로서 인정받을 만하다네. 하지만 그 보고서는 아주 간결하지. "우리는 이론상 오메가 마이너스 분자가 ……할 것이라고 예측했는데 그 증거를 찾아냈습니다." 어떤 사람은 그 네 쪽짜리 논문으로 노벨상을 탈 수도 있지. 아마 처음으로 이름이 언급된 교수가 타겠지.

엄청난 과학을 하려면 많은 사람들이 필요하지. 유전자 배열과 같은 생물학 프로젝트에도 많은 사람들이 연관된다네.

과학계에서는 이와 비슷한 일이 자주 일어나지. 그 주된 요인은 수학과 과학의 경계가 점점 모호해진다는 거야. 예를 들면, 자네는 내 관심 분야가 동물 행동에 역학을 적용하는 것이라는 점을 알 걸세. 그리고 내가 생물공학 전문가인 짐 콜린스와 함께 초기 논문을 썼다는 것도 알고 있지. 나는 동물의 이동에 대해 잘 알지 못했고, 짐은 관련된 수학에 대해 잘 알지 못했지.

공동 논문을 위해 9명이 3년짜리 프로젝트 두 개를 진행하면서 데이터 분석의 새로운 방법을 스프링과 철사 업계에 적용해보았지. 30명이 넘는 사람들이 참여했는데, 출판시에는 연구 결과에 중요한 영향을 미친 몇 명만 이름을 올릴 수 있었지. 몇 명은 수학의 이론적인 측면을 다루었고, 어떤 사람은 우리가 기록할 수 있는 데이터에서 필요한 정보를 얻는 방법을 다루었고, 어떤 사람들은 데이터를 분석했지. 엔지니어는 테스트 장비를 설계하고 만들었다네. 프로그래머들은 코드를 만들어서 필요한 분석을 컴퓨터가 실시간으로 할 수 있도록 했지. 분야를 넘나드는 프로젝트가 이렇게 진행되었지.

지난 20년 동안, 전 세계적으로 자금을 지원하는 기구들은 분야를 넘나드는 학제 간 연구의 성장을 지지했지. 이런 연구는 커다란 진전을 보일 수 있고 앞으로도 계속 진보할 수 있기 때문이지. 처음에는 물론 그렇지 않았지. 서로 다른 학문을 연결하는 학제 간 연구는 칭송받았지만, 그런 연구를 하겠다고 제안할 때마다 기존의 단일 학문 위원회로 그 안이 넘겨졌지. 그 위원회에서는 이런 연구를 이해하지 못했다네. 예를 들면, 비선형 역학을 진화생물학에 적용하겠다는 제안은 위원회에서 거부당할 수 있지. 왜냐하면 그 연구를 하는 수학자들은 진화에 대한 전문 지식이 없고, 생물학 위원회에서는 수학적인 지식이 없기 때문이지.

그래서 기금 운영기구들은 개별 학문들에 나누어 지원하지 않고 학제 간에 이루어지는 프로젝트를 집중 지원했다네.

어느 누구도 잘못한 것은 아니지. 아주 중요한 대수적 위상기하학 혹은 단백질 연구와 같은 것에 이미 많은 돈을 썼는데, 진화의 역학을 연구하는 데 또 돈을 쓰겠다는 것을 정당화할 수는 없지 않겠나. 그래서 과학과 수학을 넘나드는 다양한 주제가 얽힌 프로젝트에도 자금 지원을 할 수 있게 되었다네. 예를 들면 생물수학이나 전산천문학과 같은 연구를 할 수 있게 되었지. 물론 그건 기존의 학문 경계가 모호해지고 있기 때문이기도 하네.

이런 정치적인 문제는 접어두더라도 공동으로 논문을 발행하는 건수가 늘어나는 데는 중요한 이유가 또 한 가지 있다네. 바로 사회적인 이유 때문이지. 그룹을 만들어서 동료와 함께 일하는 것이, 혼자 컴퓨터 앞에서 일하는 것보다 더 재미있지. 물론 혼자 있고 싶을 때도 있고, 혼자서 개념상의 문제를 풀고 정의를 만들고 계산을 하고 싶을 때도 있겠지. 하지만 같은 분야에 있는 다른 사람의 의견을 들으면 자극을 받지. 혹은 아이디어를 적용하고 싶은 분야에 있는 사람들의 의견을 듣는 것이 도움이 될 때도 있지. 자네가 모르는 것을 다른 사람들이 알 수도 있으니까. 더 흥미로운 사실은 두 사람이 머리를 맞대면 혼자서는 생각하지 못하던 아이디어를 만들어낸다는 거야. 이것이 바로 잭 코언과 내가 "공모 Complicity"라고 부르는 시너지 효과지. 두 가지 관점을 서로 보완하게 되면, 열쇠와 자물쇠 혹은 딸기와 크림처럼 딱 맞아떨어지지 않지. 완전히 새로운 아이디어가 탄생하니까. 경력이 쌓일수록, 자네는 협동의 기쁨, 도움의 가치, 자네의 마음을 채워줄 동료의 지원들을 고맙게 여길 걸세.

불행하게도, 이런 협동 연구에도 단점이 있지. 같이 연구할 사람을 잘못 고르는 것은, 불행을 부르는 지름길이지. 아주 이성적이고 능력 있는 사람들에게도 이런 일이 일어난다네. 이것은 개인의 '성격' 문제이기 때문에 예측하기가 쉽지 않네. 중요한 것은 가능성에 주의하고, 빠져나갈 전략을 항상 남겨놓는 거라네.

몇 년 전, 내가 알고 있는 두 명의 수학자가 공동으로 책을 썼다네. 그들은 수학 내용에 대해서는 이견이 없었지. 그리고 어떤 순서로 책을 만들지에 대해서도 합의했다네. 하지만 문장부호에 대해서는 합의를 이루지 못했어. 한 사람이 쓴 문장부호를 다른 사람은 지우느라 애를 썼지. 이런 식으로 작업이 계속 반복되었는데, 책은 마무리되었지만 협업은 아니었네.

협업을 하는 모든 사람들은 연구에 유용한 것을 가져와야 하지. 반드시 같은 양의 작업을 할 필요는 없다네. 한 사람은 큰 수의 계산 방법을 아는 사람이고, 다른 사람은 복잡한 컴퓨터 프로그램을 짜는 사람이지. 어떤 사람은 증명을 하는 과정에서 두 가지를 잘 조화시켜 중요한 데이터를 내놓는 일을 할 거야. 모든 사람들이 꼭 필요한 일을 하기 때문에 공평하지. 최종 결과에 대한 책임이 모든 공동 저자에게 있다는 것에 대해 반대하는 사람은 없을 거야.

하지만 참여자 중 한 사람이 그냥 자기 이름을 올리기 위해 참여한 것이라면, 최종 논문이나 책 혹은 보고서에 그 사람 이름을 넣지 않는 것이 모두를 위해서 좋지. 그리고 이렇게 하는 것이 당사자 역시 행복하게 할 것이네. 그것은 게으름만의 문제가 아니네. 종종 프로젝트가 예측한 것과는 다른 방향으로 가는 경우가 있지. 그러면 처음에는 꼭 필요한 사람처럼 보였지만, 나중에는 그렇지 않은 경우가 생긴다네.

과학의 큰 테두리 안에서는 대규모의 팀이 참여하지. 프로젝트 계획은 엄격하고, 다른 사람으로 대체할 수 있을 때에만 그 프로젝트에서 손을 뗄 수 있지. 하지만 수학에서의 협동은 좀 느슨하고 자연스럽게 생기는 경우가 많네. 만약 프로젝트 계획이 있다면 목록 첫 번째 아이템은 바로 계획을 바꾸는 준비를 하는 거라네. 그렇기 때문에 좀 더 편안하게 참아줄 수 있는 거지.

그렇다고 해서 논쟁이 없는 건 아니라네. 그와는 정반대지. 친한 친구라고 해도 프로젝트 수행 중 오랜 시간 동안 감정적으로 격한 논쟁을 할 수도 있다네. 심리학자들은 우리 뇌의 이성적인 부분이 감정적인 부분에 의해 좌우된다고 생각하고 있지. 자네는 이성적으로 사고하기 전에 감정적일 필요가 있네. 우리 친구들은 우리가 큰 소리를 내고 논쟁하지 않는다면 프로젝트를 진행시킬 수 없다고 생각하지. 하지만 누가 옳은지 결론이 나면 우리는 즉각 논쟁을 멈춘다네. 그러고 나면 뒤끝이 없지. 우리는 논쟁을 한다는 데 대해 좀 더 편하게 생각하네. 만약 편하게 생각하지 않는다면 논쟁도 안 할 거야.

의무감으로 협동 프로젝트에 참여하지는 말게. 자네가 다른 사람과 일하는 것에 진정으로 흥미를 느끼지 않는 한 참여해서는 안 되네. 참여한 사람이 얼마나 위대한 전문가인지, 그 프로젝트에 얼마의 돈이 투입되는지는 생각하지 말게. 자네의 흥미를 자극하지 않는 일이라면 참여하지 말게.

반면, 폭넓은 분야에 관심을 가지라고 말해주고 싶네. 그렇게 되면, 자네가 관심이 없어서 참여하지 않는 프로젝트 수가 줄어들겠지. 중세 시대 문장부호의 사용에 대해 연구하는 중세 연구가와 점심을 먹은 적이 있지. 점심을 먹는다고 뭐가 생기는 건 아니었지만, 점심을 먹으면서 나는 내 친구가 쓰는 책에 지금 이 사람의 이름이 들어가면 도움이 되겠다고 생각했지.

신은 수학자일까?

신과 수학은 인간에게 깊은 마음의 동요를 불러일으키지.
그 연관성은 생각보다 깊숙하다네. 이건 종교의 문제가 아니라네.
우주에서 기막힌 패턴을 발견하거나 혹은 수학적인 것을 관찰했다고 해서
신도가 되어야 할 필요는 없네. 하지만 모든 달팽이 껍질 혹은 잔물결은
우리에게 모종의 메시지를 전달하려고 하지.

사랑하는 멕에게.

지난달 샌디에이고에서 자네를 보아서 정말 좋았다네.

자네 부모님이 이사를 가신 후에 자주 연락하지 못해서 죄송하게 생각하고 있다네. 나는 자네 부모님께 편지를 썼고, 아버님이 회복하고 있다는 소식을 들었다네.

사람들은 종신 재직권을 얻고 나서 각자 나름대로 행동을 하는데, 그게 참 재미있다네.

대부분의 교수들은 이전처럼 계속 가르치는 일과 연구 활동을 하지만, 예전보다는 스트레스를 덜 받으면서 일하지. 내 동료 하나는 남은 재직 기간 동안 5년에 한 번씩 논문을 발표하겠다는 계획을 말했어. 그렇게 하면 새로운 아이디어를 더 많이 생각해낼

수 있다는 거지. 물론 솔직한 얘기지만, 현명한 방법은 아니라네. 내 동료 교수 중 다른 한 명은 거의 컨설팅 일에 몰두하면서 살았지. 2년 만에 그는 학교를 그만두고 사업을 시작했다네. 그 친구는 지금 카리브 해의 어느 섬에 별장을 가지고 있지. 아마 그 친구는 시끌벅적한 싸구려 공간에 질렸을지도 모르지.

자네는 점점 철학적으로 변하고 있더군.

물리학자 어니스트 러더퍼드는 이렇게 말했다네. 연구실의 젊은 연구원이 '세상'에 대해서 이야기하기 시작하는 순간, 그 연구원은 연구 생활을 그만둔다고 말이야. 나는 그 문제에 대해서는 그리 걱정하지 않는다네. 철학이 철학자들만을 위한 것은 아니라고 생각하니까. 2,500년 전에 플라톤은 "신은 기하학자다"라고 말했지. 1939년 폴 디랙은 이 말을 다시 언급하면서 "신은 수학자다"라고 했지. 아서 에딩턴은 한 술 더 떠서 "신은 순수수학자다"라고 말했다네.

그토록 많은 철학자들과 과학자들이 신과 수학이 연관이 있다고 확신했다는 것은 참으로 흥미로운 일이지. 에르되쉬는 신이 증명에 관한 책을 가지고 있다고 생각했다네.

신과 수학은 인간에게 깊은 마음의 동요를 불러일으키지. 그 연관성은 생각보다 깊숙하다네. 이건 종교의 문제가 아니라네. 우주에서 기막힌 패턴을 발견하거나 혹은 수학적인 것을 관찰했다고 해서 신도가 되어야 할 필요는 없네. 하지만 모든 달팽이 껍질 혹은 잔물결은 우리에게 모종의 메시지를 전달하려고 하지.

이것을 통해 수학을 자연의 법칙을 구성하는 틀로 볼 수 있고, 수학적인 능력을 신성시할 수 있겠지. 그렇다면 자연의 법칙이란 무엇인가? 이 세계의 심오한 진리인가? 혹은 자연의 이해할 수 없는 복잡성을 인간의 한정된 생각으로 단순하게 나타낸 것인가? 신은 정말 기하학자인가? 수학적 패턴은 자연에도 존재하는가? 혹은 우리가 그걸 만들어냈는가?

이런 질문들에 단호하게 대답할 수 없는 이유는 우리 인간이 우주에 대한 객관적인 견해를 얻기 위해 우주 밖으로 나갈 수 없기 때문이라네.

우리가 경험하는 모든 것은 우리 뇌를 매개로 하지. 우리가 현실이 "저기 있다"라는 생생한 표현을 한다 하더라도 그건 일종의 트릭이지. 우리 뇌의 신경세포가 현실을 우리 머리 안에서 간단하게 복제하여 마치 우리가 그곳에서 살고 있는 것처럼 해주기 때문이지. 수억 년의 진화를 겪으면서 인간 뇌의 능력은 '객관성'이 아니라, 복잡한 환경에서 생존 확률을 높이는 방향으로 진화되었지. 그 결과 뇌는 자연을 결코 수동적으로 보지 않는다네. 우리 시각 체계는 우리를 완전히 감싸고 있는 연속적인 세상으로 비춰주지만, 사실 우리의 뇌는 가시적 세계의 일부만을 보는 거라네.

우주를 객관적으로 경험하지 못하기 때문에 종종 우리는 존재하지도 않는 패턴을 말하고 있다네. 2,000년 전에 기하학자인 신이 존재한다는 강력한 증거는 프톨레마이오스의 주전원周轉圓 이론이었지. 태양계 모든 행성의 움직임은 회전하는 구의 복잡한 시스템으로부터 만들어졌다는 거지. 얼마나 더 수학적일 수 있겠나? 하지만 겉으로 보이는 것이 우리를 현혹시키기도 해. 오늘날 이런 시스템은 전혀 논리에도 맞지 않고 너무 복잡하다고 느껴지지. 이것은 다른 궤도에도 들어맞게 조정될 수 있네. 사각형에도 적용될 수 있어. 결국 이런 시도는 실패했지. 왜 이런 방법으로 작동하는지 설명할 수 없었기 때문이야.

프톨레마이오스의 바퀴 안의 바퀴와 아이작 뉴턴의 시계태엽 우주를 한번 비교해보게. 그 우주에는 고정된 불변의 수학 법칙이 만들어지고 작동하게 되었지. 예를 들면, 물체의 가속도는 그 물체에 가해지는 힘을 중량에 의해 나눈 힘이지. 이 한 가지 법칙으로 포탄에서 우주에 이르기까지 모든 행동을 설명할 수 있네. 이제까지는 관련된 양자의 영향을 고려해서 아주 작거나 빠른 물체에만 적용되었지만, 엄청난 증거들이 확보되었지. 최근에 우주 초단파 배경복사에서 발견된 작은 주름은 빅뱅이 일어났을 때 모두 같은 방향으로 일정하게 폭발하지 않았다는 것을 말해주지. 이런 비대칭성은 물체가 군데군데 덩어리가 되도록 했는데, 만약 그게 없었다면 우리의 다리도 없었을지 모르지. 혹은 행성이라는 것도 아예 없었을지도 모르지. 이것은 뉴턴의 법칙을 현대적 의미로 확대 해석한 증거라네. 그리고 이것을 보면, 패턴이 반드시 완벽할 필요는 없다는 것을 알 수 있지.

뉴턴의 법칙이 물질의 형태나 힘과 같은 우리가 접근할 수 있는 에너지를 다루고 있다는 건 우연이 아니라네. 우리가 롤러코스터를 탈 경우, 열차가 올라갈 때 마치 의자에서 떨어질 것처럼 느끼게 되지. 하지만 이 현상은 우리 뇌가 다시 한 번 속임수를 쓰는 거라네. 우리 감각은 힘에 즉각적으로 반응하지 않는다네. 우리 귀는 반고리관이라는 장치에 의해 힘이 아닌 가속을 감지한다네. 우리 뇌는 뉴턴의 법칙을 반대로 적용해서 힘을 느끼게 되는 거지. 뉴턴은 자신의 감각기관을 해체하여 법칙에 적용해보았지. 만약 뉴턴의 법칙이 성립하지 않는다면, 그의 귀도 제대로 기능을 하지 않았겠지.

우리는 프톨레마이오스의 패턴과 같이 인공적인 패턴을 더 쉽게 이해한다네. 어느 것에도 적용할 수 있는 수학에 의해 만들어져서 체계적으로 사람들을 현혹시키는 패턴이지. 이런 환상을 없앨 수 있는 한 가지 방법은 간단하네. 고상하게 만드는 것이라네. 디랙의 도발적인 지적과 오캄의 면도칼의 진정한 메시지 말이야.

자연의 수학 패턴 중 가장 간단하고 고상한 것이 대칭이지.

우리 주변에서도 대칭성을 쉽게 발견할 수 있다네. 우리 자신도 쌍방향적으로 대칭이지. 거울을 봐도 똑같은 사람을 볼 수 있어. 사실 그 대칭은 완벽하지는 않지. 하지만 거의 완벽한 대칭인 것처럼 보이는 것은 대칭이나 마찬가지지. 다소 설명이 필요하긴 하지만 말이야.

수정에는 230개의 대칭 형태가 있다네. 눈꽃은 6각형의 대칭이지. 바이러스는 12면체의 대칭성을 가지고 있지. 즉 정12각형에서 만들어진 고체 결정이지. 개구리는 구형의 대칭 모양으로 생긴

알에서 생명을 시작하고, 성체가 되어서도 대칭 모습으로 생을 마감하지. 원자에도 대칭 구조가 있고, 은하수의 소용돌이 속에도 대칭이 있다네.

그렇다면 자연의 대칭성은 어디에서 오는 걸까?

대칭이란 똑같은 단위의 반복이지. 똑같은 단위의 주요 원천은 물질이야. 물질은 작은 분자로 구성되어 있고, 주어진 형태의 모든 분자는 동일하지. 모든 전자가 똑같아. 유명한 물리학자 리처드 파인만은 한때 앞뒤로 움직이는 전자가 모두 한 가지 전자고, 우리 눈으로 봤을 때 여러 개인 것처럼 보이는 것에 지나지 않다고 주장한 적이 있었지. 그건 그렇다고 치고, 전자의 상호 교환 성질은 우주가 엄청난 종류의 대칭을 가지고 있을 가능성을 내포하고 있다네. 우주가 움직이며 그 형태를 유지하는 방법에는 여러 가지가 있지. 달팽이 껍질, 새벽 거미줄에 걸린 이슬방울의 대칭성도 기본 분자의 패턴을 형성하는 잠재능력에서 나온 것일 거야. 우리가 인간으로서 경험하는 패턴은 시간−공간 구조에서 나오는 심오한 패턴이지.

물론 그런 심오한 패턴이 상상 속의 산물이 아닌 이상, 주전원 이론의 현대적 변형이라고 할 수 있지.

우리가 경험하는 우주는 상상의 산물이라네. 하지만 그렇다고 해서 우주가 독립적으로 존재하지 않는 건 아니지. 상상은 뇌의 활동이고, 뇌의 활동은 우주에서 나온 산물이지. 철학자들은 우리가 보는 호랑이 무늬가 실제 호랑이 무늬인가에 대해 토론할 수도 있어. 하지만 우리가 보는 호랑이 무늬가 우리 뇌 속에 각인되어 있음은 분명한 사실이야.

우리 마음은 사실, 신경세포에 있는 전자의 소용돌이와 같지. 하지만 그 세포들은 우주의 일부이고 그 안에서 진화한다네. 전자는 자연이 대칭성을 사랑한 결과 만들어진 것이지. 우리 머릿속에 있는 전자의 소용돌이는 무질서한 것도 아니고 자의적인 것도 아니네. 그리고 우연히 생긴 것도 아니라네. 그 패턴은 다윈의 적자생존설에 따라 수백만 년 전부터 내려온 것이지. 존재하는 간단한 패턴을 이용하는 것보다 더 간단한 방법이 어디 있겠는가?

현실에서 너무 동떨어진 상상력은 생존을 위해 그리 유용한 것이 아니라네.

주전원 이론이나 운동의 법칙과 같이 우리가 머리에서 만들어 낸 것들은 실제로 사실일 수도 있고, 영리한 상상일 수도 있지. 과학의 임무는 진화론이 그랬던 것처럼 설득력 있는 아이디어를 선별하는 과정을 제공하는 것이지. 수학은 그 주된 도구 중 하나일세. 왜냐하면 수학은 우주를 간소화하는 우리 머리 안의 그림을 모방하고 있으니까. 하지만 그런 그림과는 다르게 수학적 모델은 뇌에서 뇌로 이동할 수 있다네. 그렇기 때문에 수학은 다른 사람과의 사이에서 중요한 접점이 되는 거지.

이런 과정을 거쳐 과학은 이제껏 프톨레마이오스의 의견에는 반대하고 뉴턴의 손을 들어주었다네. 뉴턴의 법칙 혹은 그 이후에 나온 상대성이론이나 양자이론과 같은 것들이 궁극적으로 환상이라고 판명된다 할지라도, 프톨레마이오스의 이론보다는 훨씬 생산적인 이론이 될 걸세.

그런 면에서 대칭성은 보다 나은 환상이지. 심오하고 우아하고 일반적이니까. 또한 기하학적인 개념도 포함하고 있지. 그렇기 때문에 신이 기하학자라면 실제로 대칭성을 잘 알고 있을 거야.

우리 상상 속에서 신을 기하학자라고 만들었는지는 모르지만, 우리는 우리의 뇌가 진화하면서 간소화한 자연의 힘을 빌려 그런 상상을 했을 거야. 수학적 세계에서만 수학을 하는 뇌를 만들어낼 수 있다네. 기하학자인 신만이 그러한 신이 존재한다고 믿는 사람들을 창조할 수 있지.

그런 점에서 신은 수학자라네. 그리고 우리보다 신이 수학을 훨씬 잘한다네. 신이 수학을 잘하기 때문에 우리는 자주 신의 어깨 너머로 훔쳐본다네.

• 고드프리 해럴드 하디(Godfrey Harold Hardy, 1877~1947)

영국의 수학자. 해석적 정수론에 많은 업적을 남겼으며, 푸리에급수에 기여하였고, 하디바인베르크의 법칙을 제시하기도 하였다.

• 보간법(interpolation)

둘 이상의 변수 값에 대한 함숫값을 알고서, 그것들 사이의 임의의 변수 값에 대한 함숫값이나 그 근삿값을 구하는 방법.

• 푸리에 해석(Fourier analysis)

임의의 복합신호는 서로 다른 주파수, 위상, 진폭을 갖는 단순 정현파들의 조합으로 나타낼 수 있다는 일종의 수학적 해석 방법.

• 신호 처리(signal processing)

원하는 정보를 추출, 전달, 축적하거나 혹은 시스템을 관측, 제어할 수 있도록 신호 검출, 발생, 예측, 연산과 같이 신호의 형태를 변형하는 것을 말한다.

• 산술 공리(산술의 기본 공리)

산술의 기본 공리(페아노의 공리)는 자연수의 개념을 공리적으로 규정하기 위한 5가지 공리다. 이탈리아의 수학자 주세페 페아노가 제안하였다.

다음은 5가지 공리다.

1. 0은 자연수다.

2. 모든 자연수 n은 그 다음 수 n′을 갖는다.

3. 0은 어떤 자연수의 그 다음 수도 아니다. 즉, 모든 자연수 n에 대해 $0 \neq n′$이다.

4. 두 자연수의 그 다음 수들이 같다면, 원래의 두 수는 같다. 즉, $a′ = b′$이면 $a = b$이다.

5. 어떤 자연수들의 집합이 0을 포함하고, 그 집합의 모든 원소에 대해 그 다음 수를 포함하면, 그 집합은 자연수 전체의 집합이다.

여기에서 0 대신 1을 사용해도 논리적으로는 문제가 없다. 하지만 덧셈과 곱셈을 정의할 때에는 원래의 식과는 약간 다른 식을 사용해야 한다.

• 유클리드 기하학(Euclidean geometry)

유클리드 기하학은 그리스 철학자 유클리드가 구축한 기하학으로,

기하학을 기본적인 공준과 공리, 그리고 그에 따라 증명되는 여러 정리로 체계화시켰다.

유클리드 기하학은 평면 상의 대상을 다루는 일반적인 직관에 가까운 기하학이며, 유클리드 기하학을 따르지 않는 기하학을 통칭하여 비유클리드 기하학이라 부른다. 평면이나 찌그러짐이 없는 공간의 도형의 성질을 다루는 것이 유클리드 기하학이고, 곡면, 휘어진 공간 등의 도형을 탐구하는 것이 비유클리드 기하학이다.

고대 이집트와 그리스 등지에서는 토지의 측량 등의 목적으로 기하학이 발달했다. 유클리드는 그 성과를 4권으로 이루어진 저서 『원론』에서 체계화시켰다. 그 방법론은 다음과 같다.

먼저 점, 선 등의 기초적인 개념을 정의한다(유클리드의 기하학에 대한 기초적 정의 23가지).

다음으로, 일련의 공리('유클리드의 공준' 참고)를 서술하여 공리계('유클리드의 일반 공리' 참고)를 확립한다.

그러고 나서, 이들을 이용하여 500여 개의 정리를 증명해 나간다.

이 이론은 현대 수학에 가까운 완성된 형식을 취하고 있었기 때문에, 이후 기하학을 비롯한 수학 연구는 많은 경우 이 방법을 따랐다.

• 위상기하학(topology)

도형의 위상적 성질을 연구하는 기하학. 길이, 크기 따위의 양적 관계를 무시하고 도형 상호의 위치나 연결 방식 따위를 연속적으로 변형하여 그 도형의 불변적 성질을 알아내거나, 그런 변형 아래에서 얼마만큼 다른 도형이 있는가를 연구한다.

• 칼루자-클라인 이론

1919년에 폴란드의 수학자 칼루자(Theodor Kaluza)는 시공간이 5차원으로 이루어져 있다는 가설을 세웠고, 이 가설은 이윽고 스웨덴의 물리학자 클라인(Oskar Klein)에 의해 발전되어 현재 '칼루자-클라인 이론'이라고 불린다. 이 이론에서, 우주를 구성하는 공간은 그 자체가 4차원으로 이루어져 있으며, 여기에 시간이 더해져 우주는 5차원으로 기술된다.

• 자크 아다마르(Jacques Hadamard, 1865~1963)

프랑스의 수학자. 해석학과 대수학, 특히 변분법·급수론·해석함수론에서의 업적이 두드러진다.

• 앙리 푸앵카레(Jules-Henri Poincaré, 1854~1912)

프랑스의 수학자, 물리학자, 천문학자, 과학사상가. 수학에서 수론, 함수론, 미분방정식론에 업적을 남겼다.

• 초기하분포(hypergeometric distribution)

$P_{(\kappa)} = mC\kappa \times n{-}mCr{-}\kappa / nCr (\kappa=1, 2,...r)$의 법칙을 따르는 확률 분포. 예

를 들면, n개의 공 가운데 m개가 빨간 공이고 나머지 n−m개를 흰 공
이라고 하고 임의로 r개의 공을 꺼낼 때, k개가 빨간 공이고 나머지 r−k
개가 흰 공일 확률이 이 분포를 가진다.

• 아군(groupoid)

군의 이론과 응용에 관하여 연구하는 군 이론(group theory)의 대수
적 구조의 하나다. 군(group)의 일반화된 대수적 구조로는 아군
(groupoid), 반군(Semigroup), 고리(loops) 및 준군(quasigroup)이
있다.

• 리만의 가설(Rimann Hypothesis)

독일 수학자 리만이 제기한 학설로, 어떤 복소함수가 0이 되는 값들의
분포에 대한 가설을 말한다. 즉 1과 그 수 자신으로만 나누어 떨어지는
수인 소수(2 · 3 · 5 · 7 · 11 등)들이 일정한 패턴을 가지고 있다는 학설
이다.

리만은 리만의 제타함수를 정의하면서 제타함수의 값이 0이 되는 복
소수의 실수부가 모두 1/2일지도 모른다는 가정을 하였는데, 이 가정이
리만 제타함수에 대한 리만의 가설이다. 이를 리만은 "$\zeta(s)$는 $s = x + iy$
에 대해서 생각할 때 x 〉1/2로 0은 없다"고 정의하였다.

그러나 리만은 이 가설의 증거를 1866년 죽을 때 자신의 모든 서류와
함께 불태워버렸다. 그 뒤 전 세계의 수학자들이 이 가설을 푸는 데 도

전하였으나 실패하고, 150여 년 동안 수학계의 최대 난제 가운데 하나로 꼽혀왔다. 이 때문에 2001년 미국 매사추세츠 주 클레이수학연구소는 21세기 최고의 수학 난제 7문제를 공표하고, 누구든지 문제를 푸는 사람에게 한 문제당 100만 달러의 상금을 주기로 약속하였다.

리만의 가설도 7가지 난제 가운데 하나다. 그런데 2004년 6월 프랑스 출신의 미국 퍼듀 대학교 교수 브랑게(Louis de Branges)가 리만의 가설을 풀었다고 발표하였다. 브랑게는 가설 증명을 23쪽의 논문으로 만들어 인터넷 게시판에 게시하였다.

2004년 9월에는 영국 엑서터에서 열린 한 과학축제에서 리만의 가설이 풀릴 경우, 인터넷 공개키 암호체계가 뚫려 모든 종류의 전자상거래가 불가능해질 수 있다는 주장이 제기되었다. 전자상거래는 소수에 의존하기 때문에 리만의 가설이 풀릴 경우, 소수의 작동법이 알려지게 되어 전자상거래가 붕괴될 수 있다는 것이다.

• 리만(Georg Friedrich Bernhard Riemann, 1826~1866)
독일의 수학자. 수학의 각 분야에서 획기적인 업적을 남겼는데, 복소함수의 기하학적인 이론의 기초를 닦았으며, 리만적분을 정의하고 리만공간의 개념을 도입하여, 리만공간의 곡률을 정의하였다. 곡률이 양인 곡면 상에서의 기하학은 리만기하학이라 불린다.

• 4색 정리

지도를 색으로 칠하여 구분할 때 서로 인접한 두 나라는 다른 색으로 칠하는 것이 보통이다. 그런데 그렇게 하기 위해 [그림]에서 볼 수 있는 바와 같이 최소한 4색이 필요하다. 한편, 경험에 의하면 4색

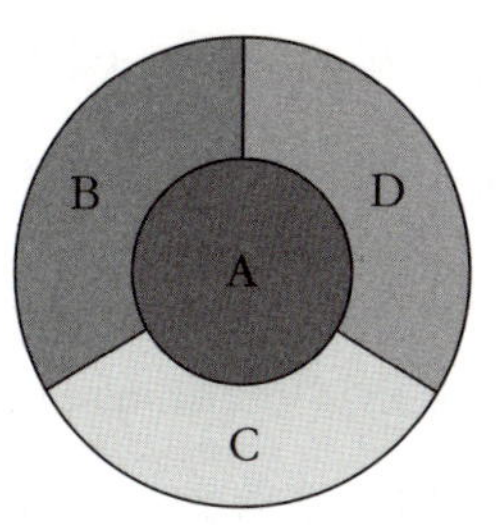

으로 칠하여 구분할 수 없는 지도는 아직 발견되지 않았다. 따라서, 다음 문제가 남게 된다. 즉, "어떠한 지도라도 4색을 써서 칠하여 구분할 수 있다는 것을 증명하라"는 문제다. 이것을 4색 정리라고 한다.

단, 인접한 나라라고 하는 것은 어떤 길이의 경계에 따라 인접하고 있는 것을 말하고, 점에서 접해 있을 경우를 말하지 않는 것으로 한다. 이 문제는 1840년 A. F. 뫼비우스, 1850년 A. 드모르간, 1878년 A. 케일리에 의하여 제출되어 수학계의 난문제로 유명해졌다. 1890년 P. J. 히우드가 "어떠한 지도라도 5색으로 칠하면 구분할 수 있다"는 것을 증명했다. 그러나 4색 정리는 여전히 난문제로 남아 있었다.

즉, 나라의 수가 38 이하면 어떠한 지도라도 4색으로 칠하여 구분할 수 있다는 것은 그 후에 증명되었으나, 일반적인 경우의 4색 정리의 해결만은 방대한 계산을 필요로 하는 것으로 생각되어왔다. 그러나 4색 정리는 미국의 일리노이 대학교의 K. 아펠과 W. 하켄 교수에 의하여 1976년 8월 해결되었다.

그들의 방법은 먼저 지도를 그 특징에 따라 약 1,936개의 경우로 분

류하고, 그 각각의 경우가 4색으로 칠하여 구분할 수 있다는 것을 컴퓨터를 써서 수학적 귀납법으로 증명을 완성하였다. 그들은 그러기 위해서 컴퓨터를 1,200시간 가동해야만 했다고 한다.

• 초한수(transfinite number)

무한개의 대상들로 이루어진 집합의 크기를 표시하는 것이다.

• QED

라틴어 문장 'quod erat demonstrandum' 의 약자이다. 이것은 유클리드와 아르키메데스가 자주 쓰던 그리스어 문장을 라틴어로 옮긴 것으로, 직역하면 '이것이 보여야 할 것이었다' 가 된다. 이 약자는 수학에서 증명을 마칠 때 자주 사용한다.

• 타원곡선 암호(Elliptic Curve Gryptosystem)

타원곡선 시스템을 이용한 공개키 암호방식으로 약칭은 ECC이며 1985년 워싱턴 대학교의 수학교수인 닐 코블리츠(Neal Koblitz)와 IBM연구소의 빅터 밀러(Victor Miller)가 거의 동시에, 독립적으로 고안하였는데, 해독 방법은 아직 발견되지 않았다. 짧은 키 사이즈로 높은 안전성이 확보되고, 또한 서명할 때 계산을 고속으로 할 수 있는 것이 특징이며 스마트카드(IC카드) 등의 정보처리능력이 그다지 높지 않은 기기에서 이용하기에 적합한 암호화 방식이다.

타원곡선이라고 불리는 수식에 의해서 정의되는 특수한 가산법을 기반으로 하여 암호화·복호화를 하는 암호화 방식이다.

이 방식으로 만든 암호를 해독하는 것은 타원곡선 상의 이산대수 문제를 푸는 것과 거의 같은 정도로 어렵다. 이를 해독하는 방법은 아직 발견되지 않았다. 다만, 일부 곡선에서는 약점이 발견되고 있어, 실제로 이 방식을 적용할 때에는 이것을 피해 갈 연구가 필요하다.

• 면심입방격자(face-centered cubic lattice)

육면체의 여덟 개 꼭짓점과 여섯 개 면의 중심에 격자점을 갖는 단위 격자로 이루어진 결정격자. 이 정육면체의 모서리 길이가 격자 정수가 되는데, 면심입방격자의 결정격자를 갖는 물질은 구리·금·니켈·알루미늄 따위가 있다.

• 라마누잔(Srinivasa Ramanujan, 1887. 12. 22~1920. 4. 26)

인도의 수학자. 분배함수의 성질에 관한 연구를 포함해 정수학에 크게 이바지한 수학자로, 독자적 방법에 의한 깊은 명찰과 직관과 귀납으로써 많은 결과들을 도출해냈다.

누군가가 자신의 일생을 학문에 전념하기로 결심했다면 우리는 그 또는 그녀에게 축하를 해야 할까요, 아니면 위로를 해야 할까요? 요즘과 같이 모든 것을 돈으로 환산하는 세태에서 이런 결정이 그리 쉬운 것은 아닐 것입니다. 뿐만 아니라 우리가 공부에 대해 가지고 있는 개념에 비추어보면 어쩌면 종교인의 삶에 수반되는 것과 같이 지루하고 어려운 과정을 각오해야만 하겠지요.

하지만 수학의 노벨상이라고 불리는 필드상을 수상한 일본인 수학자 히로나카 헤이스케는 수학자로서 자신의 삶을 기술한 『학문의 즐거움』에서 학문은 즐거운 것, 기쁨을 맛보는 것이라 하였습니다. 왜냐하면 학문에는 배우고 생각하고 창조하는 일의 재미와 기쁨이 있기 때문입니다. 올해 서울대학교 석좌교수로 부임한 헤이스케는 우리가 배우는 과정에서 알게 되는 모든 지식들을 다 기억하여 저장할 수는 없지만, 살아가는 데 있어 눈에 보이지 않으면서 매우 중요한 것, 즉 지혜를 얻을 수 있는 것이라고, 학문의 가치를 설파하였습니다.

학문, 그중에서도 수학을 공부한다는 것은 어떤 것일까요? 도대체 수학자란 어떤 일을 하는 사람일까요? 학교에서 매일같이 시험문제 풀이에 몰두하는 우리에게 수학자의 삶은 이상하다 못해 괴이하게 느껴질 수도 있습니다. 이 책은 수학자에 대한 궁금증을 풀어주고 수학자에 대한 편견을 없애기 위해 다음과 같은 질문들에 답하고 있습니다.

첫 번째, 도대체 수학이란 우리 삶의 어디에 사용되는가? 수학이 없이도 세상이 굴러갈 수 있을 것 같은데, 그렇다면 수학자는 먹고 살 수 있을 만큼 돈을 벌고 있는가? 그 돈은 어디에서 나오는가?

두 번째, 우리가 학교에서 배우는 수학이 정말 수학인가? 이 질문에 대한 답을 먼저 알려드린다면 그렇지 않다는 것입니다. 그렇다면 수학자들이 하는 수학은 학교 수학과는 무엇이 다른가?

세 번째, 수학은 이미 끝난 것 아닌가? 더 연구할 과제가 있단 말인가? 그렇습니다. 우리는 수학을 완성된 학문으로 생각하고 있지만 그것은 학교 수학의 오류에서 비롯된 것일 뿐 무궁무진한 영역이 널려 있답니다.

네 번째, 수학자들은 어떤 방식으로 생각하나? 문제를 해결하는 그들의 사고방식은 어떤 점에서 우리와 다를까?

다섯 번째, 수학을 수학답게 공부하기 위해서는 어떻게 해야 하는가? 수학 공부를 위해서는 어떤 책들을 읽어야 하나?

여섯 번째, 수학에서의 증명이란 무엇인가? 그리고 지루하고 난해하기 짝이 없는 증명은 왜 필요하단 말인가?

일곱 번째, 컴퓨터는 수학과 어떤 관련이 있는가?

여덟 번째, 수학 박사가 되는 길은 어떤 것인가? 그리고 수학 박사가 되기 위한 박사학위 논문은 어떻게 써야 하는가?

아홉 번째, 수학자들의 세계, 아니 학자들의 세계란 어떤 모습인가? 그 세계에서 살아남기 위해서 어떻게 해야 하는가?

열 번째, 순수수학과 응용수학은 어떻게 구분될까?

열한 번째, 수학을 잘 가르치려면 어떻게 해야 하는가? 좋은 수학 선생님이란 어떤 사람인가?

열두 번째, 수학자로 성공하기 위한 사교법이 있는가? 다른 사람과 공동 연구를 진행하며 어울려 지낼 수 있을까?

만일 여러분이 위에서 열거한 질문들의 답이 어느 하나라도 궁금하다면 이 책만큼 실질적으로 도움이 되고 친절하게 조언을 해 주는 안내서를 발견하기 어려울 것입니다. 이 책의 저자인 이언 스튜어트만큼 대중과 호흡하며 지내는 수학자는 그리 많지 않으니까요. 아무쪼록 이 책을 통해 수학자로서의 인생을 간접 체험해 보기 바랍니다. 혹시 직접 체험을 하고 싶다면 더 말할 나위 없겠지요. Good luck!

2008년 3월의 마지막 주에 관악산에서

박영훈